AF402915

EVELYN BOYD

Das HAUS an den KLIPPEN

roman

Neuausgabe Februar 2019

© 2019, dp DIGITAL PUBLISHERS GmbH

Made in Stuttgart with ♥
Alle Rechte vorbehalten

Das Haus an den Klippen

ISBN: 978-3-96087-712-7
E-Book-ISBN: 978-3-96087-711-0

Covergestaltung: Sarah Schemske
unter Verwendung von Motiven von
© Kimberley Hall/shutterstock.com
Lektorat: Pia Trzcinska
Satz: dp DIGITAL PUBLISHERS

Dies ist eine überarbeitete Neuausgabe des bereits
2014 bei Carlsen Verlag erschienenen Titels
Das verwunschene Karussell (ISBN: 978-3-64660-037-7).

Über die Autorin

Evelyn Boyd lebt mit ihrem Kater Othello im hohen Norden an der Küste und begeisterte sich schon immer für coole Waldgeister, dunkle Vampire und einsame Werwölfe. Bereits als Kind las sie alles, was sie dazu in die Hände bekommen konnte. Bevor sie allerdings anfing ihre eigenen Geschichten aufs Papier zu zaubern, studierte sie Medizin. Ihr Debütroman Herz aus Stein? erschien im Sommer 2009. Heute schreibt sie Jugendbücher, Kriminalromane, Romantasy und Hörspielskripte – ihre Inspiration holt sie sich gerne durch lange Spaziergänge am Meer.
Evelyn Boyd ist Mitglied von DELIA, der Vereinigung deutschsprachiger Liebesromanautoren und -autorinnen. Als Fördermitglied von DELIA ist dp DIGITAL PUBLISHER stolz, zum Unterstützerkreis der Autorenvereinigung zu zählen.

Prolog

Der Nebel war an diesem Abend besonders dicht und es war empfindlich kalt für diese Jahreszeit. Die zierliche Frau zog ihre Jacke enger um sich. Es ärgerte sie, dass sie sich viel zu spät auf den Heimweg gemacht hatte. Außerdem war sie müde und freute sich auf ein heißes Bad. Dennoch ging sie langsam. Sie konnte kaum sehen, wohin sie trat. Der felsige Untergrund war durch die Feuchtigkeit glitschig geworden. Nur ein falscher Schritt und sie würde die Klippen hinab ins Meer stürzen. Doch sie war diesen Weg schon oft gelaufen und wusste, worauf sie achten musste. Es war nicht mehr weit bis zu ihrem Haus.

Obwohl das Rauschen der Wellen die Luft erfüllte, hörte sie plötzlich ganz deutlich Schritte hinter sich. Um diese Zeit verirrte sich eigentlich niemand hierher. Sie blieb stehen und lauschte einen Augenblick lang angestrengt. Das Geräusch der Schritte war verstummt. Ob sie sich getäuscht hatte? Sie drehte sich um und versuchte etwas zu erkennen, als sich ein dunkler Schatten aus dem Nebel löste.

»Tom, sind Sie das?« Ihre Stimme zitterte leicht. Der Schatten antwortete nicht. Eine Hand schnellte vor und packte sie.

»Hey, was soll das? Lassen Sie mich los!«

»Wo ist es?«, zischte eine eisige Stimme.

»Ich weiß nicht, wovon Sie reden!«, rief die Frau ängstlich.

Sie wehrte sich verzweifelt und entwand sich dem harten Griff. Dann machte sie einen hastigen Schritt zurück, doch die Kante der Klippen war direkt hinter ihr. Erschreckt schrie sie auf. Ihre Füße rutschten auf den glitschigen Steinen ab.

Der Aufprall ihres Körpers ging im Rauschen der Wellen unter, während der Schatten im Nebel verschwand.

Kapitel 1

Unglücksfälle passieren immer
im Dreierpack

Unglücksfälle passieren stets im Dreierpack. Das behauptet zumindest meine Freundin Lara immer. Eigentlich hatte ich geplant, zusammen mit ihr auf das Konzert meiner Lieblingsband The Pleasures zu gehen. Dass ich diese Nacht nicht durchtanzen würde, während Lara wie üblich den Leadsänger anschmachtete, hatte mit einem der besagten Unglücksfälle zu tun – mit dem Unglücksfall, der dafür gesorgt hatte, dass ich jetzt auf der fast menschenleeren Hauptstraße von Port Pine stand. Also mitten im Nirgendwo. Jedenfalls verglichen mit London.

Ich erinnerte mich, wie alles vor einigen Tagen angefangen hatte. Es stand mir immer noch deutlich vor Augen: es war ein heißer Spätsommertag gewesen, vor allem für Londoner Verhältnisse. Zuerst verschlief ich, um dann – zu allem Überfluss – bei meinem überhasteten Aufbruch die Hausarbeit für das Literatur-Seminar bei Professor Macmillan auf meinem

Schreibtisch liegen zu lassen. Ich hatte mich nur wegen Lara angemeldet. Sie wollte Literatur und Philosophie studieren und hatte sich zur Vorbereitung gleich nach unserem bestandenen A-Level für einen einführenden Sommerkurs an der Universität eingeschrieben – noch bevor das Semester startete. Ich wollte lieber Astronautin werden, Tänzerin oder Hundefriseurin. Kurzum, ich hatte überhaupt keinen Plan, was ich mit meinem Leben anfangen wollte. Ehrlich gesagt, wollte ich mir zu diesem Zeitpunkt auch noch keine Gedanken darüber machen. Ich wusste nur, dass ich den Sommer unbedingt mit meiner besten Freundin in London verbringen wollte und nicht – wie all die Jahre zuvor – bei meinen Eltern, auf irgendeiner staubigen Ausgrabungsstelle zwischen uralten Knochen und Tonscherben. Vielleicht würde es unser letzter gemeinsamer Sommer sein, denn auch wenn Lara meine beste Freundin war, so hatte ich in diesem Seminar eines für mich herausgefunden: ein Literaturstudium war nicht mein Lebenstraum! Das war auf jeden Fall schon mal eine erste Erkenntnis. Irgendwie hatte ich bisher noch nichts entdeckt, für das ich mich so richtig begeistern konnte. Es kam mir so vor, als wüssten alle um mich herum, womit sie ihr Leben verbringen wollten. Nur ich fühlte mich nach dem Schulabschluss völlig orientierungslos. Meine Mum drängte mich ständig, ich solle Archäologie studieren, wie sie und Dad, nur damit ich mit den beiden um die Welt ziehen und unter unwirtlichen Bedingungen uralten Kram ausbuddeln konnte. Artefakte, die man dann in unendlicher Kleinarbeit mit kleinen weißen Schildern versah und in ein Museum schaffte, wo Horden von gelangweilten Besuchern die Fundstücke bestaunen durften. Da konnte ich mir weitaus Spannenderes vorstellen; und wie sollte ich in dem Job jemals einen tollen Typen kennenlernen? Das war das einzige Ziel, das ich fest vor Augen hatte. Ich wollte mich endlich einmal so richtig verlieben! Die Jungs bei uns auf der Privatschule, auf die mich meine Eltern geschickt hatten, waren alle gepflegte Langweiler gewesen. Ärzte- und Architektensöhnchen, die nicht nur eingebildet, sondern auch so steif waren, wie die weiße Kittelschürze unserer Wirtschafterin Mrs Laurence.

Lara meinte immer, an der Uni würden wir endlich die süßen Typen treffen. Aber so ganz konnte sie mich nicht davon überzeugen. Vermutlich würden dort auch wieder nur die gleichen Langweiler in den Vorlesungen sitzen.

Mit diesen ernüchternden Gedanken über meine Zukunft lief ich Richtung Tube. Ich bog gerade schwungvoll um eine Ecke, als ich mit einem Mann zusammenstieß, der die ganze Zeit auf seinem Smartphone herumdrückte. Meine Tasche fiel auf den Boden und der gesamte Inhalt verteilte sich kunstvoll auf den Treppenstufen zur Underground Station. Aber anstatt mir zu helfen, lief der Typ einfach weiter. Fluchend sammelte ich meinen Kram ein und dabei fiel mir auf, dass ausgerechnet meine Arbeit über die Bedeutung der Frauenfiguren in Shakespeares Werken nicht dabei war. Professor Macmillan konnte richtig gemein werden, wenn man zu spät in sein Seminar platzte. Aber noch schlimmer war es, ohne Hausarbeit zu erscheinen. Ich überlegte, ob ich einfach sagen sollte, unsere Wirtschafterin hätte meine Arbeit aufgefressen – einen Hund hatten wir leider nicht. Die Vorstellung ließ mich kurz schmunzeln. Aber immerhin war ich die ganzen letzten Abende mit der Arbeit beschäftigt gewesen. Ich warf einen verzweifelten Blick auf meine Armbanduhr. So schnell ich konnte, lief ich zurück zu unserer Wohnung am Prince's Square. Eilig steuerte ich auf das schmale, hohe Altbauhaus mit der weißen Fassade und den zwei Säulen neben dem Eingang zu. Ich klingelte Sturm, doch Mrs Laurence schien noch nicht da zu sein. Hektisch wühlte ich in meiner Tasche nach dem Schlüssel.

Nach einer gefühlten Ewigkeit fand ich ihn. Ich hatte gerade die Tür aufgeschlossen und wollte eben die steilen Stufen hoch zu meinem Zimmer im Sprint nehmen, als mich der Postbote aufhielt. Er stand plötzlich hinter mir an der Haustür.

»Miss Macrae? Wie gut, dass ich Sie antreffe. Ich habe ein persönliches Einschreiben für Sie.«

»Oh!«, wunderte ich mich. »Ich erwarte eigentlich keinen Brief.«

Wer sollte mir denn ein Einschreiben zuschicken?

»Moment, das haben wir gleich«, sagte er lächelnd und begann seine große Posttasche zu durchsuchen.

Das fehlte mir gerade noch, wo doch jede Minute zählte. Unruhig trat ich von einem Bein auf das andere, während ich wartete, bis der Postbote umständlich den Brief hervorgekramt hatte. Er hielt mir einen Stift entgegen. »Hier müssen Sie bitte den Empfang quittieren.«

Ich unterschrieb und betrachtete den Brief. Der Absender war eine Londoner Anwaltskanzlei. Der Name der Kanzlei sagte mir nichts. Doch auch wenn ich neugierig war, was Ian A. Campbell und Partner von mir wollten, musste der Brief vorerst warten. Ich steckte ihn hastig in meine Tasche und lief eilig die Treppenstufen hinauf.

Natürlich kam ich viel zu spät zum Seminar und Professor Macmillan ließ es sich nicht nehmen, mich vor dem gesamten Kurs bloßzustellen.

»Ah, Miss Macrae, wie schön, dass Sie uns heute doch noch die Ehre erweisen. Da Sie es ja anscheinend nicht nötig haben, am gesamten Unterricht teilzunehmen, können Sie sicher – auch ohne meinen vorherigen Ausführungen gelauscht zu haben – das an der Tafel stehende Sonett interpretieren.«

Ich nickte verschüchtert und wollte auf meinem Platz zusteuern.

»Aber nein, Miss Macrae, kommen Sie nach vorne. Hier haben Sie einen viel besseren Überblick und wir alle können Sie gut hören.« Dabei wies er mit einem leichten Grinsen im Gesicht auf den freien Platz vor der Tafel.

Mit hochrotem Kopf bahnte ich mir meinen Weg durch die Stuhlreihen. Am liebsten wäre ich im Erdboden versunken, doch ich schlug mich tapfer. Lara lächelte mir aus einer der hinteren Reihen aufmunternd zu.

Professor Macmillan nickte nach meinen Ausführungen bedächtig und gab sich großzügig: »Na, gar nicht mal so schlecht. Da will ich Ihnen die Störung meines Unterrichts dieses Mal verzeihen.«

Ich schluckte eine passende Antwort hinunter und schlich zu meinem Platz.

Nach dem Kurs musste Lara noch etwas erledigen und so verabredeten wir uns für später zum Lunch in einem kleinen Studentencafé unweit des Campus.

Als ich mit etwas Verspätung eintraf, saß sie bereits an unserem Lieblingsplatz am Fenster und studierte beim Essen ausgiebig die Veranstaltungstipps fürs Wochenende. Lara winkte mir aufgeregt zu. »Caitlin, du glaubst es nicht! The Pleasures kommen nach London und geben nächsten Samstag ein Konzert im Black Heart!« Laras blaue Augen blitzten vor Freude, und sie begann die ersten Takte von ihrem Lieblingssong *I know but I don't know* zu summen.

Ich setzte mich zu ihr. »Das ist großartig! Kannst du uns Karten besorgen?«, strahlte ich sie an. »Allerdings ist es schon etwas kurzfristig«, gab ich dann zu bedenken.

»Na klar, das ist so gut wie erledigt, und wenn es das Letzte ist, was ich tue!« Sie zwinkerte. »Aber jetzt sag mal, warum bist du heute denn so spät zum Kurs gekommen? Du bist doch sonst immer Miss Oberpünktlich.«

Ich erzählte ihr von meinem hektischen Morgen.

»Und?«, fragte sie mich mit großen Augen, während sie mit einer Masse auf ihrem Teller kämpfte, die laut Speisekarte Spaghetti darstellen sollte. »Was steht nun in dem mysteriösen Brief?«

»Ach ja, der Brief! Ich habe ihn noch gar nicht geöffnet.« Ich holte den Brief hervor, legte ihn vor mir auf den Tisch und starrte ihn an. »Was können die nur von mir wollen?«

»Ich würde sagen, du öffnest ihn, dann weißt du es!«, schlug Lara vor. Sie hatte den Kampf mit den Spaghetti aufgegeben und den Teller weggeschoben.

Ich war etwas nervös. »Ich habe noch nie Post von einem Anwalt erhalten.«

»Na ja, vielleicht hast du etwas gewonnen oder geerbt.« Lara zuckte mit den Schultern.

»Von wem sollte ich denn etwas erben? Unsere Familie ist nicht besonders groß. Meine Eltern sind mal wieder auf einer – ach so wichtigen – Forschungsreise. Meine Mum hat mich gestern noch einmal angerufen, bevor sich die beiden für Monate in irgendein unwegsames Wüstengebiet aufmachen, wo sie keinen Handyempfang haben und meine Tante ist gerade mal 49 Jahre alt. An Gewinnspielen habe ich auch nicht teilgenommen.« Ich fixierte weiterhin den Absender auf dem Umschlag.

»Du hast doch nix angestellt?« Lara zog fragend eine Augenbraue hoch.

Ich musste lachen. »He, du kennst mich doch! Ich stelle nie etwas an und wenn ich versuchen würde, ein Kaugummi durch den Zoll zu schmuggeln, würde man mich sicher erwischen. Ich kann so was nicht.«

»Dann verstehe ich nicht, warum du den Brief nicht endlich öffnest.« Lara pustete sich ungeduldig eine blonde Haarsträhne aus dem Gesicht.

Zögernd griff ich nach dem Brief. »Ich weiß auch nicht. Ich habe so ein mieses Gefühl. Aber natürlich hast du recht.« Ich riss den Umschlag auf und zog einen Briefbogen hervor. Hastig überflog ich die Zeilen. Dann ließ ich den Brief sinken.

»Ist dir nicht gut? Du bist ganz blass, Caitlin!«

Ich schluckte. »Meine Tante Megan ... sie ist tot.«

Lara schlug sich die Hände vor den Mund. »Oh, wie schrecklich und ich habe noch gesagt, vielleicht hast du etwas geerbt. Es tut mir so leid!«

»Das ist doch nicht deine Schuld, Lara.«

»Was ist passiert?«

»Hier steht, dass ich mich bei der Kanzlei melden soll.« Kurz überlegte ich, zuvor anzurufen, entschied mich dann aber dagegen. »Ich werde gleich dorthin fahren. Ich muss wissen, was passiert ist. Lara, kannst du mich bitte bei unserem Nachmittagskurs entschuldigen?« Ich stand auf und griff nach meiner Tasche.

Sie nickte, stand ebenfalls auf und umarmte mich kurz. »Sei tapfer.«

Auf der Fahrt in die Innenstadt versuchte ich die Information zu verarbeiten. Doch so richtig wollte ich es immer noch nicht glauben. Konnte meine geliebte Tante wirklich tot sein?

Tante Megan war der wichtigste Mensch in meinem Leben gewesen. Klar waren da noch meine Mum und mein Dad. Als ich noch klein war hatte ich es cool gefunden, meinen Mitschülern zu erzählen, an welchen exotischen Orten meine Eltern ihre Ausgrabungen machten und wo ich die Schulferien verbrachte. Aber meistens waren die Namen der Orte klangvoller als die Wirklichkeit. Denn oftmals gab es nichts außer Erde, Staub und einer Zeltlagerstadt voller begeisterter Archäologen und Helfer. Keiner hatte Zeit mit einer Achtjährigen zu spielen. Schon gar nicht meine

Eltern. Wenn Mum und Dad mal in London waren, verbrachten sie die meiste Zeit in irgendeinem fensterlosen Raum im Museum oder in unserem Arbeitszimmer vor dem PC. Es wunderte mich überhaupt, dass sie sich ab und zu noch daran erinnerten, eine Tochter zu haben. Ansonsten waren meine Eltern echt liebevoll und wenn wir tatsächlich mal etwas zusammen unternahmen, war es wirklich toll. Es war nur eben sehr selten. Dafür hatte ich im Lauf der Jahre eine Unmenge an mehr oder weniger motivierten Kindermädchen. Irgendwann kam dann noch unsere Haushälterin Mrs Laurence dazu. Sie war zwar ein leibhaftiger Drache, aber sie kochte hervorragend. Ohne sie wäre ich vermutlich verhungert und unser Haus unter einer Dreckschicht begraben worden. Meine Mum vergaß über ihrer Arbeit regelmäßig solche unnötigen Dinge wie die Nahrungsaufnahme – oder das Einkaufen. Auch Dad schien nur für seine Arbeit zu leben. Als ich neun Jahre alt war, starb Tante Megans Ehemann und sie zog zu uns nach London. Obwohl Mums Schwester ihr zum Verwechseln ähnlich sah, waren die beiden total verschieden. Während Mum sich leidenschaftlich ihrer Arbeit widmete und für nichts anderes Zeit fand, schien meine Tante das Leben auf eine völlig andere Weise zu genießen. Sie wirkte wie ein Sonnenstrahl in unserem Haus. Obwohl mein Onkel so früh verstorben war, lächelte sie viel. Sie hatte ein künstlerisches Talent und liebte Blumen. Sie malte und fotografierte. Vor allem nahm sie sich Zeit für mich. Wir gingen gemeinsam in den Zoo und ins Kino. Tante Megan war es, die mich bei meinem ersten Liebeskummer in den Arm nahm und mir wortlos die extragroße Dose Chocolate Chip Ice Cream auf den Tisch stellte, als Amanda Blair mich beim Tanzwettbewerb vernichtend geschlagen hatte. Sie war meine Familie gewesen.

Vor knapp einem Jahr hatte Tante Megan beschlossen, dass ich groß genug sei, um ohne sie auszukommen. Sie zog nach Amerika und kaufte sich ein Haus in einem kleinen Küstenort in Maine. Wir telefonierten regelmäßig und sie schrieb mir Mails. Ich wollte sie dort an Weihnachten das erste Mal besuchen und nun sollte sie tot sein?

Als ich das Büro im dritten Stock betrat, hoffte ein kleiner Teil von mir immer noch, dass es sich um einen Irrtum handelte. Die Sekretärin am Empfang wollte mich ohne Termin zunächst nicht zu Mr Campbell vorlassen, ließ sich dann aber nach einigem Bitten erweichen, wenigstens bei ihm anzufragen, ob er Zeit für mich hätte. Er hatte und ich wurde in ein großes Büro mit schweren Ledermöbeln geführt. Ian Campbell war ein großer Mann mit gezwirbeltem Schnauzbart und graumeliertem Haar. Er sprach mir mit ruhiger Stimme zunächst sein Beileid aus und bot mir dann einen Platz an.

Zuerst sackte meine Hoffnung, und dann ich selbst, in den schweren Ledersessel.

»Ich kann mir vorstellen, dass das alles für Sie ein Schock ist, Miss Macrae«, begann Mr Campbell nun. Ich nickte stumm. Dann fuhr er fort: »Ihre Tante hatte bei uns schon vor längerer Zeit ein Testament hinterlegt, in dem Sie, Miss Macrae, im Todesfall die Begünstigte sind. Ihre Tante hat Ihnen als Alleinerbin nicht nur ihr Haus in Port Pine hinterlassen, sondern auch das umliegende Grundstück inklusive eines größeren Kiefernwaldes. Nennenswertes Barvermögen besteht leider nicht, nur ein Konto mit einem Betrag von ...«

Meine Hände umfassten krampfhaft die Lehnen des Sessels. Ich wollte das nicht! »Ich muss wissen, was meiner Tante passiert ist!«, unterbrach ich ihn heftiger als gewollt.

Mr Campbell rückte seine Brille zurecht. »Äh, nun ja, Miss. Soweit ich informiert bin, gab es einen Unglücksfall. Meines Wissens ist Ihre Tante beim Spazierengehen auf den Klippen ins Meer gestürzt. Sie wurde von einem Fischer zwischen den Felsen im Wasser entdeckt.«

»Aber warum? Wieso ist sie einfach so ins Meer gestürzt?« Mir stiegen die Tränen in die Augen. Das konnte doch alles nicht wahr sein. Vor wenigen Stunden war mein größtes Problem gewesen, ob ich in diesem Jahr noch einen tollen Typen kennenlernen würde und was ich mit meinem Leben anfangen wollte. Und nun – von einer Minute auf die andere – war meine kleine, heile Welt erschüttert, weil einer der wichtigsten Menschen in meinem Leben tot war.

Mr Campbell zuckte mit den Schultern. »Mehr weiß ich leider auch nicht. Vielleicht hat die Polizei vor Ort noch weitere Einzelheiten zu den genauen Umständen herausgefunden.«

»Ich verstehe«, sagte ich mit tonloser Stimme. »Wann ist es passiert?«

»Ihre Leiche wurde vor ungefähr drei Wochen gefunden.«

»Vor drei Wochen! Aber warum ...«, begann ich.

»Es tut mir leid, Miss Macrae, aber es hat eine Weile gedauert, bis mich die Behörden vor Ort informiert haben.«

»Dann ist meine Tante vermutlich bereits beerdigt, oder?« Ich sah den Anwalt fragend an.

Er nickte. »Ja, das denke ich schon.«

»Und ich konnte nicht mal bei ihrer Beerdigung dabei sein.« Mir versagte die Stimme.

Wir schwiegen beide für einen Moment. Mr Campbell räusperte sich. Er legte mir eine Mappe mit Papieren vor. »Ich weiß, es ist ein schwerer Schlag für Sie, aber wir müssen das weitere Vorgehen klären. Möchten Sie das Erbe ihrer Tante annehmen und den Nachlass vor Ort regeln oder ist es Ihnen lieber, wenn ich das Haus und das Grundstück für Sie veräußere? Das könnten wir von London aus regeln und Sie müssten nicht in die Vereinigten Staaten fliegen.«

Ich schüttelte heftig den Kopf. »Nein, ich will mich um das Erbe meiner Tante kümmern. Ich möchte das Haus sehen. Verkaufen kann ich es dann immer noch.«

»Gut«, sagte Mr Campbell und breitete die notwendigen Unterlagen auf dem Tisch aus. Er nahm sich viel Zeit und erklärte mir ausführlich, was das für mich bedeutete. Ich musste mehrere Papiere unterzeichnen und erhielt am Ende einen Schlüssel.

Nach dem Gespräch lief ich lange ziellos durch die Stadt. Ich blieb vor den Schaufenstern stehen und starrte auf die Warenauslagen, ohne etwas davon wahrzunehmen. In meinem Kopf kreisten unzählige Gedanken. Meine Tante war eine aktive und fröhliche Frau gewesen. Wie konnte so ein Mensch von einem

Tag auf den anderen plötzlich sterben? Vermutlich sollte ich versuchen, meine Mum anzurufen. Ich war mir jedoch sicher, wieder nur ihre Mailbox zu erreichen. So war es meistens. Ich wählte dennoch ihre Nummer. Eine freundliche Frauenstimme quäkte mir ins Ohr: »Der Teilnehmer ist momentan nicht erreichbar, wenn Sie eine Rückrufbitte per SMS verschicken wollen, drücken Sie bitte ...« Ich seufzte und drückte das rote Telefonsymbol. Scheinbar hatte sie keinen Empfang. Ich würde es später noch einmal versuchen. Mit einem Schlag wurde ich mir meiner Einsamkeit bewusst, und stand verloren vor einem Schaufenster mit der neuen Herbstkollektion, während mir die Tränen über das Gesicht liefen.

Als ich mich etwas beruhigt hatte, rief ich Lara an.

»Keine Widerrede, du kommst sofort zu mir. Du kannst doch jetzt nicht allein sein. Meine Mutter schiebt Nachtdienst in der Klinik. Wir sind ganz ungestört.«

»Du bist die Beste!«, schniefte ich ins Handy.

Irgendwann kam ich bei der Dachgeschosswohnung an, die Lara mit ihrer Mutter bewohnte. Man hatte einen tollen Blick über die City. Lara hatte sich bereits Sorgen gemacht. »Mensch Caitlin, wo hast du nur gesteckt? Ich wollte schon eine Vermisstenmeldung aufgeben.«

Ich winkte ab. »Keine Sorge, ich bin zu Fuß gelaufen. Ich musste einfach nachdenken, wie es jetzt weitergeht.«

»Und wie geht es weiter? Weiß Deine Mutter es schon?«, fragte Lara.

Ich zuckte die Schultern. »Meine Eltern sind mal wieder nicht zu erreichen.«

»Dann komm«, sagte sie, »ich habe uns einen Salat gemacht, und es ist noch etwas von deinem Lieblings-Eistee im Kühlschrank. Du brauchst jetzt erst mal etwas zu essen.« Lara schob mich in die Küche und holte zwei Gläser aus dem Schrank.

Wir saßen die halbe Nacht in der kleinen Wohnküche und redeten über die Zukunft. Ich entschied, so schnell wie möglich in die USA zu fliegen, und mich um Tante Megans Haus und ihren Nachlass zu kümmern. Außerdem wollte ich ihr Grab sehen.

»Hast du deine Tante denn schon mal in Maine besucht? Ich meine, kennst du ihr Haus und die Gegend?«, fragte mich Lara.

»Nein, ich war nie dort. Ich wollte sie über Weihnachten besuchen, zusammen mit Mum und Dad – und jetzt ist sie tot.« Ich blinzelte die aufsteigenden Tränen schnell weg.

Lara nickte verständnisvoll und dann nahm sie einen Zettel zur Hand. »Wenn du hinfliegen willst, sollten wir eine Liste machen, was alles zu erledigen ist.«

Ich lächelte sie dankbar an und wir machten uns ans Werk.

Dann ging alles ganz schnell. Ich sprach mit unserer Haushälterin. Mrs Laurence schien ganz froh, für eine Weile nicht kochen zu müssen. Meiner Mum hinterließ ich nach mehreren missglückten Anrufen eine SMS.

Lara war eine echte Stütze. Sie half mir, meine Sachen zu packen und ein Flugticket zu besorgen.

Sie brachte mich auch am Abreisetag zum Flughafen. Als mein Flug aufgerufen wurde, fielen wir uns in die Arme.

»Versprich mir, dich zu melden, wenn du dort bist. Schick mir sofort eine SMS!«, sagte Lara.

»Ich hoffe, ich habe dort überhaupt Empfang«, gab ich zu bedenken und dachte wieder an meine Eltern.

»Keine Ausreden! Maine ist doch nicht auf dem Mond!«, erklärte Lara mit ernstem Gesicht.

»Ich verspreche es!«, versicherte ich ihr.

Und jetzt stand ich hier im Zentrum dieses winzigen Küstenortes und sah mich neugierig um. Der Überlandbus, mit dem ich den letzten Rest meiner Reise zurückgelegt hatte, fuhr gerade wieder ab. Ich blieb allein auf der Hauptstraße zurück, an der sich verschiedene kleine Geschäfte befanden. Dazwischen standen schöne Holzhäuser, die weiß und hellblau gestrichen waren. An den Fassaden hatten die Besitzer zum Teil maritime Dekorationen angebracht. Vor einem Haus hing eine alte Bootslaterne und neben einem anderen lehnte ein bunt bemalter Anker an der Hauswand. Es war kurz nach zwölf Uhr und die meisten Läden hatten anscheinend Mittagspause. Ich blickte die Straße hinunter und überlegte, wie ich von hier aus zum Haus meiner Tante kommen sollte. In der Ferne blinkte die Anzeige einer Pizzeria und ein Stück davor entdeckte ich ein Holzschild auf dem in großen Buchstaben Bed and Breakfast geschrieben stand. Ich schulterte meinen Rucksack und zog den Koffer hinter mir her. Bestimmt könnte man mir in der Pension helfen. Notfalls würde ich auch für eine

Nacht ein Zimmer nehmen, um dann in Ruhe eine Fahrgelegenheit zu organisieren. Ich hatte zwar die Adresse, aber leider kannte ich mich in der Gegend nicht aus. Ich wusste lediglich, dass Tante Megans Haus etwas außerhalb von Port Pine lag. Ich lief die Straße entlang und entdeckte schräg gegenüber ein schmales Gebäude über dessen Ladentür »Touristen-information« stand. Die Tür stand offen. Das passte ja perfekt! Eilig überquerte ich die Fahrbahn und ging auf das Haus zu. Im Fenster neben der Tür hingen ein paar vergilbte Plakate und eine Karte der Umgebung. Ich betrachtete die Landkarte eingehend. Leider war der Maßstab zu klein und half mir nicht weiter. Die nächste größere Ortschaft auf der Landkarte war Eastport. Der Ort lag an der Grenze zu Kanada. Dort war anscheinend auch mehr los als im verschlafenen Port Pine, denn fast alle Plakate im Schaufenster warben für Events in Eastport. »Piratenfestival«, las ich laut. »Sachen gibt es da!«

»Dafür haben wir unser Lobsterfest im August«, erklang plötzlich eine Stimme neben mir. Eine rundliche Dame war unbemerkt aus der Tür getreten. »Das Fest ist immer ein riesiger Spaß für die ganze Stadt. Natürlich ist es nicht zu vergleichen mit dem Piratenfestival, aber auch unser schönes Port Pine hat einiges zu bieten. Das können Sie mir glauben. Eastport ist natürlich größer und hat auch noch Old Sow, aber ...«

»Wer oder was ist Old Sow?«, unterbrach ich den Redefluss der Frau.

»Old Sow ist ein Gezeitenstrudel vor Eastport. Eigentlich ist dieses Naturwunder in ganz Maine bekannt. Sie kommen wohl von weit her?« Ohne auf

meine Antwort zu warten, plapperte sie munter weiter: »Nun, da sind Sie bei mir an der richtigen Adresse.
Ich kann Ihnen alle Informationen über die Region
geben, die Sie benötigen. Kommen Sie doch rein.«

Ich folgte der redseligen Dame ins Innere. Sie umrundete einen weiß getünchten Holztresen und begann eifrig Prospekte aus dem Regal zu sammeln.
Dabei redete sie unaufhörlich weiter. Gerne hätte ich
der gesprächigen Damen mein Anliegen vorgetragen,
aber es erschien mir unhöflich, sie zu unterbrechen.
Also wartete ich geduldig, während sie ein Loblied auf
die Naturschönheiten der Umgebung sang.

»Suchen Sie eine Übernachtungsmöglichkeit?«, fragte sie mich, während sie mir Prospekte über geführte
Kajaktouren und Wanderungen reichte.

»Nein, ich ...«, setzte ich an.

»Wir haben einige schöne Pensionen hier in Port Pine und natürlich das Cobscook Bay Cottage. Dort sind
die Übernachtungen allerdings etwas teurer. Jedenfalls würde ich Ihnen raten, eine Unterkunft vor Ort
zu nehmen und von hier aus hinzufahren.«

»Wohin?«, frage ich nun völlig verdattert.

»Na, zum Piratenfestival. Eastport ist nur knapp 13
Meilen entfernt. Sie sind doch in den Ferien hier, oder?« Damit zeigte die Frau auf meinen Koffer, den ich
neben mir abgestellt hatte.

Dies war das Stichwort, auf das ich gewartet hatte.
»Nein, ich bin eigentlich keine Touristin. Aber ich
brauche trotzdem Ihre Hilfe. Ich suche diese Adresse.«
Ich reichte ihr den Zettel mit der Adresse von Tante
Megans Haus.

Die Dame warf kurz einen Blick darauf und dann einen langen Blick auf mich. »Das ist die Adresse von Mrs Steels Haus. Warum wollen Sie denn dort hin?« Sie zog fragend eine Augenbraue hoch.

»Nun Megan, also Mrs Steel ist meine Tante ...« Ich stockte kurz. »Sie war meine Tante und ...«

»Natürlich!«, rief die Dame jetzt aus. »Das hätte mir doch gleich auffallen müssen. Sie sehen Ihrer Tante sehr ähnlich. Die gleichen grünen Augen und so wunderschöne, rehfarbene Haare!«

Rehfarben war eine interessante Umschreibung für meine langen rotbraunen Locken, fand ich.

Jetzt ergriff die Frau meine Hand und drückte sie lächelnd. »Wie schön, mal Megans Nichte kennenzulernen. Ich bin übrigens Molly Madigan.«

Ich lächelte zaghaft zurück. Dann besann sich Mrs Madigan. »Oh, und natürlich mein herzliches Beileid! Wir sind alle noch ganz erschüttert von dem tragischen Unfall. Megan Steel war bei allen hier im Ort beliebt, auch wenn einige Bewohner ihr Vorhaben sehr kritisch gesehen haben.«

»Welches Vorhaben?«, erkundigte ich mich.

»Ach, ich plappere wieder nur dummes Zeug. Also, zu Megans Haus müssen Sie? Das Haus liegt circa dreieinhalb Meilen außerhalb von Port Pine. Zu Fuß ist die Strecke mit dem Gepäck doch etwas zu weit, fürchte ich. Ich könnte Ihnen einen Mietwagen vermitteln. Sind Sie denn schon über 21?«, wechselte Mrs Madigan schnell das Thema und musterte mich über den Rand ihrer Brille hinweg.

Ich schüttelte den Kopf. »Nein, ich bin erst 18. Aber ich habe sowieso keinen Führerschein.«

Molly Madigan schwieg für einen Moment. Anscheinend fragte sie sich, wie man mit 18 Jahren noch ohne Führerschein klarkommen konnte.

»Es fährt kein Bus zum Haus. Aber ich habe da eine fabelhafte Idee. Einen kleinen Moment.«

Sie griff nach dem altmodischen Telefon, das an der Wand hinter dem Tresen hing, und wählte eine Nummer. »Hallo Tom«, rief sie in den Hörer, »hier ist Molly. Fährst du heute noch zum Lighthouse raus? Prima, dann komm doch vorher hier vorbei und hol einen Fahrgast ab. Es ist Megan Steels Nichte, die du auf dem Weg absetzen kannst ... Was soll das heißen? ... Nun stell dich nicht so an! Also abgemacht! Bis gleich.«

Zufrieden legte Mrs Madigan auf. »Der alte Tom Huxley ist Leuchtturmwärter und kümmert sich um das Little East Bay Lighthouse. Er fährt jeden Tag hoch und sieht nach dem Rechten. Er wird Sie mitnehmen.«

»Das ist sehr freundlich von ihm.« Ich war ehrlich erleichtert, so einfach eine Mitfahrgelegenheit zu bekommen.

»Freundlich, nun ja ...«, Molly Madigan runzelte die Stirn. »Tom ist ein wenig eigenbrötlerisch. Aber das darf man nicht so ernst nehmen.«

Ich nickte und fragte: »Wohnt er im Leuchtturm?«

Sie lachte. »Nein, die Zeiten sind lange vorbei. Das Leuchtfeuer ist automatisiert. Aber er überprüft regelmäßig die Technik, und dass alles seine Ordnung hat. Das Leuchtfeuer können Sie übrigens vom Garten aus sehen. Das Haus liegt nah bei den Klippen.«

Die Klippen – das erinnerte mich wieder an Tante Megans Unfall.

Einige Zeit später holperten Mr Huxley und ich in seinem rostigen Pick-up über die Straße, die mittlerweile mehr ein schmaler Waldweg war. Auf der Ladefläche rutschte mein Koffer hin und her. Meinen Rucksack hatte ich auf den Schoß genommen. Mr Huxley, der bisher keine zwei Worte mit mir gewechselt hatte, konzentrierte sich auf die Fahrbahn. Ich hatte zunächst versucht, mit dem griesgrämig dreinblickenden Mann ein Gespräch zu beginnen, dieses Vorhaben jedoch schnell aufgegeben. Tom Huxley war ein großer Mann. Er wirkte beinahe unheimlich mit seiner zerfurchten, wettergegerbten Haut und einer Narbe, die sich über seine komplette linke Gesichtshälfte zog. Seine riesigen Hände hielten das Lenkrad fest umklammert. Ich wandte meinen Blick ab und sah mir die Landschaft an. Dabei versuchte ich mir den Weg zu merken. Wir fuhren durch einen Wald, der hauptsächlich aus Kiefern bestand. Daher rührte wohl auch der Name des Ortes: Port Pine.

Plötzlich lichtete sich der Wald und gab den Blick auf ein wunderschönes, weißes Holzhaus im viktorianischen Stil, mit einer überdachten Veranda frei. Um das Haus herum lag eine ausgedehnte Rasenfläche. Das Grundstück fiel ein wenig in Richtung der Klippen ab und dahinter blickte man auf die blaue See. Möwen kreisten über den Felsen: ein atemberaubender Anblick. Ich war sofort von diesem Ort fasziniert und verstand, warum Tante Megan dieses Haus gekauft hatte.

Mr Huxley stoppte den Pick-up. Unschlüssig saß ich noch einen Moment auf dem Beifahrersitz, dann sagte ich: »Vielen Dank, dass Sie mich mitgenommen haben.«

Er grummelte etwas Unverständliches. Ich zwang mich zu einem Lächeln und stieg aus. Tom Huxley blieb sitzen. Ich umrundete den Wagen und versuchte meinen Koffer von der Ladefläche zu heben. Doch ich schaffte es nicht. Rauf war es ein wenig einfacher gewesen, da Mr Huxley zuvor die Ladeklappe geöffnet hatte. Er machte keine Anstalten mir zu helfen. Ich seufzte und ging zurück zur Beifahrertür. »Könnten Sie mir bitte behilflich sein?«, bat ich ihn.

Er antwortete nicht, stieg aber aus und öffnete die Ladeklappe. Ich wuchtete meinen Koffer mit aller Kraft hinunter. Tom Huxley nickte mir zu und ging zur Fahrertür. Dann drehte er sich noch einmal zu mir um und sagte mit der knarrenden Stimme eines Menschen, der nicht gewohnt ist, sie oft zu benutzen: »Miss, Sie sollten hier keine ausgedehnten Wanderungen unternehmen. Vor allem die Klippen sind gefährlich. Am besten, Sie reisen möglichst bald wieder ab.« Ohne meine Antwort abzuwarten, stieg er in seinen Wagen und fuhr los.

Entgeistert starrte ich dem Pick-up nach. Was hatte diese seltsame Warnung zu bedeuten?

Ich drehte mich um und trug mein Gepäck zur Haustür. Dann kramte ich den Schlüssel aus meinem Rucksack und atmete einmal tief durch, bevor ich den Schlüssel ins Schloss steckte.

Kapitel 2

Ein schwarzes Seepferd im Wald

Ein gemütliches Wohnzimmer empfing mich. Ich legte meinen Rucksack auf ein weißes Sofa, auf dem sich viele blaue Kissen tummelten. Auf dem Tisch davor lagen einige Bücher. An den Wänden hingen Fotografien von Leuchttürmen. Tante Megan war immer eine begeisterte Fotografin gewesen. Bestimmt hatte sie diese Aufnahmen selbst gemacht. An einer Wand erstreckte sich ein mannshohes Bücherregal. Durch das große Panoramafenster konnte man auf das Meer hinausblicken. Ich ging durch den Flur und fand links die Küche, die mir mit dem kleinen Bistrotisch und zwei Stühlen sehr einladend erschien. Auf der Arbeitsfläche neben der Spüle stand eine benutzte Kaffeetasse. Ich wusste nicht, was ich erwartet hatte, aber es schien mir, als ob Tante Megan nur mal kurz das Haus verlassen hätte und jeden Augenblick zurückkommen würde.

Ich schluckte, drehte mich um und ging zurück in den Flur. Auf einem kleinen Sideboard stand ein Telefon. Ich hob den Hörer ab. Die Leitung war tot. Vermutlich, weil niemand mehr die Rechnung bezahlte. Es gingen noch zwei weitere Zimmer vom Flur ab. Ein kleines Gäste-WC und ein mit Büchern vollgestopftes Arbeitszimmer. Die freien Wände waren ebenfalls mit Schwarz-Weiß-Fotografien geschmückt. Ich blieb kurz davor stehen und betrachtete das immer gleiche Motiv. Es handelte sich um ein schwarzes Seepferdchen. Die Figur war aus verschiedenen Perspektiven fotografiert worden. Die Fotos wirkten irgendwie düster. Ich wandte mich dem Schreibtisch zu, auf dem mehrere Ordner standen. Das Arbeitszimmer würde ich später noch genauer in Augenschein nehmen müssen. Bestimmt befanden sich hier alle wichtigen Papiere.

Ich setzte zunächst meine Besichtigungstour im Obergeschoss fort. Dort befand sich neben dem Schlafzimmer noch ein geräumiges Badezimmer, mit einer wunderschönen altmodischen Badewanne auf goldfarbenen Füßen und ein kleines Gästezimmer mit blauen Tapeten. Ich würde das Gästezimmer beziehen, obwohl das große Schlafzimmer, ebenso wie das Wohnzimmer, einen Blick auf die See bot. Von hier oben war die Aussicht sogar noch traumhafter. Aber der Gedanke, im Schlafzimmer meiner Tante zu schlafen, kam mir unpassend vor. Ich öffnete den Kleiderschrank, um nach Bettwäsche zu suchen. Dabei fiel mir ein Pullover entgegen. Es war ein kuscheliger Wollpullover mit einem Norwegermuster in Grau, Weiß und Rosa. Sie hatte ihn letztes Jahr zu Weihnachten getragen. In diesem Moment kamen mir die Tränen. Ich setzte mich auf das Bett und drückte den Pullover fest an mich.

Nach einer Weile beruhigte ich mich. Ich wischte mir die Tränen aus dem Gesicht und zog einige Schubladen auf. Dort fand ich Bettlaken und Bettwäsche. Damit ausgerüstet begab ich mich ins Gästezimmer, um das Bett zu beziehen. Ich öffnete auch das Fenster und ließ frische Luft hinein. Von diesem Fenster aus, sah man auf den Kiefernwald, der an das Grundstück angrenzte. Er war so dicht wie eine einzige grüne Wand. Ich erinnerte mich, dass Mr Campbell gesagt hatte, ein großer Teil des Waldes gehöre zum Erbe. Ich würde mir die Unterlagen noch einmal genau ansehen müssen, um festzustellen welche Fläche genau das Grundstück umfasste. Ich trug meinen Koffer ins Gästezimmer hoch und räumte den Inhalt in einen weißen Kleiderschrank. An den Türen waren kunstvolle Schnitzereien von Seepferdchen angebracht. Das gefiel mir sehr.

Mittlerweile war es später Nachmittag geworden. Ich ging in die Küche und sah mir den Vorratsschrank an. Es gab mehrere Konserven, Teebeutel und Zucker. Damit war ich zunächst einmal versorgt. Der Inhalt des Kühlschranks erwies sich als weniger erfreulich. Eine angebrochene Packung Milch, die einen leicht säuerlichen Geruch verbreitete, schimmeliger Käse, eine matschige Salatgurke und noch einige andere Kostbarkeiten mehr erfreuten das Auge. Ich holte eine große Mülltüte und entsorgte den Inhalt. Gleich danach putzte ich sorgfältig den Kühlschrank. Morgen musste ich einige Lebensmittel einkaufen. Das würde ein ganz schön langer Spaziergang in den Ort werden.

In der Küche stellte ich erleichtert fest, dass ich wenigstens noch Wasser und Strom hatte. Jetzt kochte ich mir erst einmal einen Tee und ging ins Wohnzimmer. Dort setzte ich mich auf das Sofa und dachte nach, während ich den Flug der Möwen beobachtete. Nun da ich hier war, kam mir die Haushaltsauflösung wie eine unerträgliche Bürde vor. Wie sollte ich das alles nur schaffen? Es wäre sicherlich eine große Hilfe gewesen, wenn meine Mum mich begleitet hätte. Ich kam mir fürchterlich hilflos vor, doch ich war eigentlich schon immer allein klargekommen, auch bevor Mrs Laurence und meine Tante zu uns kamen. Ich würde das schon schaffen, redete ich mir gut zu. Als Erstes musste ich mir einen Plan machen. Ich würde die Sachen meiner Tante durchsehen und dann aussortieren, was ich behalten wollte. Danach könnte ich das Haus über ein Maklerbüro verkaufen. Aber irgendwie kam mir das falsch vor. In diesem Haus erkannte ich in jedem Zimmer Tante Megans Seele. Allein die wunderschönen Fotografien an den Wänden. Die Bilder würde ich auf jeden Fall behalten. Ich stellte die Teetasse auf den Tisch und nahm eines der Bücher zur Hand. Restaurieren leicht gemacht versprach der Titel. Das nächste hieß Holzarbeiten und historische Schnitzkunst.

Seltsam. Was hatte meine Tante denn restaurieren wollen? Solche Bücher hatte sie früher nicht gelesen. Außerdem schien das Haus in tadellosem Zustand zu sein.

Nachdem ich meinen Tee getrunken hatte, beschloss ich, mich auf dem Grundstück umzusehen. Für einen längeren Erkundungsgang war es heute allerdings schon zu spät und die lange Reise steckte mir noch in den Knochen, sodass ich die weitere Erkundung der Gegend auf den nächsten Tag verschob.

Ich umrundete das Haus und entdeckte dahinter noch einen Schuppen. Die Tür war abgeschlossen, aber ich hatte im Flur einen Schlüsselbund gesehen. Vielleicht war ja der passende Schlüssel dabei. Ich lief schnell zurück zur Veranda. Da fühlte ich es zum ersten Mal. Es war so ein unbestimmtes Gefühl, als beobachtete mich jemand aus dem dichten Unterholz des gegenüberliegen Waldes. Ich verharrte einen Moment und starrte in Richtung Waldrand. Doch ich konnte nichts sehen. Dann flog ein Vogel auf. Ich schüttelte das ungute Gefühl ab. Vermutlich war ich als Großstadtkind solche Einsamkeit einfach nicht gewohnt.

Der Schlüssel passte tatsächlich. Im Schuppen machte ich eine tolle Entdeckung: Neben einer Werkbank mit allerlei Werkzeug, lehnte ein Fahrrad. Das Rad war in einem guten Zustand. Ich entschied, damit am nächsten Tag in den Ort zu radeln. Ich verließ den Schuppen wieder und schloss die Tür ab. Auf dem Weg zum Haus drehte ich mich noch einmal um, und blickte zum Waldrand hinüber. Die Sonne stand mittlerweile tief über den Bäumen. Das Gefühl von dort aus beobachtet zu werden, überfiel mich erneut und eine Gänsehaut überzog meine Arme. Vielleicht war es aber auch nur kälter geworden. Eilig lief ich ins Haus und verschloss die Haustür sorgfältig hinter mir.

Bevor ich ins Bett ging, versuchte ich Lara eine SMS zu senden. Aber wie ich befürchtet hatte, zeigte mir das Display meines Smartphones kein Netz an. Na wunderbar! Ich war nicht nur völlig allein am Ende der Welt. Ich hatte auch kein Netz!

In der ersten Nacht schlief ich unruhig. Es war Wind aufgekommen, der am halb geöffneten Fenster rüttelte. Das Rauschen der Wellen, die gegen die Klippen schlugen, war deutlich zu hören. Ich träumte wirres Zeug und erwachte mehrmals. Irgendwann stand ich auf, um das Fenster zu schließen. Für einen Moment glaubte ich im Wald Lichter zu sehen. Ganz deutlich flackerte es zwischen den Bäumen hell auf. Ich musste träumen! Wer sollte dort mitten in der Nacht im Wald sein? Ich kniff die Augen zusammen und als ich sie wieder öffnete, war alles dunkel. Einige Minuten stand ich noch am Fenster, aber das Licht erschien nicht mehr.

Am nächsten Morgen fühlte ich mich ziemlich erschlagen. Ich kochte mir einen starken Kaffee und setzte mich ins Wohnzimmer. Der Wind hatte sich gelegt, aber nun hing dichter Nebel über der Bucht. Man sah die Hand vor den Augen nicht. Ich hatte mir eigentlich vorgestellt, morgens auf der Veranda mit Blick auf das Wasser zu frühstücken, aber das konnte ich vergessen. Draußen war es feucht und kalt. Von irgendwoher klang klagend ein Nebelhorn herüber.

Ich hoffte, der Nebel würde sich im Laufe des Tages verziehen. Bei diesem Wetter war es sinnvoller, meine Fahrt in den Ort zu verschieben. Vermutlich würde ich mich bei dem Nebel bloß verirren. Also beschloss ich, erst einmal Tante Megans Papiere zu sichten. Ich ging ins Arbeitszimmer und fing an, die Aktenordner durchzugehen, die ich in einem der Regale entdeckt hatte. Es war ernüchternd und meine Zuversicht schwand. »Oje, Tantchen! Wie soll ich bei deinem Chaos hier durchblicken?« Ich seufzte, und begann mich durch Rechnungen und Dokumente zu wühlen. Ich konnte kein System erkennen und sortierte alle Unterlagen neu. Ich fand auch Schreiben der Telefongesellschaft und beschloss, diese von Port Pine aus zu kontaktieren, damit ich schnellstmöglich wieder eine Telefonanbindung bekommen würde. Die Strom- und Wasserrechnungen legte ich ebenfalls zur Seite. Auch dort musste ich umgehend Bescheid geben, damit ich während meines Aufenthalts weiter versorgt blieb. Hoffentlich würde ich das alles geregelt bekommen. Die Bankunterlagen waren besonders wirr. Ich stieß auf einen Brief der besagte, dass Megan ein Bankschließfach bei einer Bank in Eastport gemietet hatte, obwohl laut der Kontoauszüge ihre Bank in Port Pine war. Einen Schlüssel zum Schließfach fand ich in den Schubladen nicht. Auf dem Brief stand noch ein Name: Sally. Er war eingekringelt. Dann muss ich wohl doch mal nach Eastport fahren, überlegte ich. Das Knurren meines Magens riss mich irgendwann aus meiner Arbeit. Ich ging in die Küche und machte mir eine Dosensuppe. Ich vermisste Mrs Laurence Kochkünste schon jetzt!

Draußen hatte sich der Nebel zum größten Teil verzogen. Sogar ein paar Sonnenstrahlen zeigten sich. Ich brauchte frische Luft und entschied, einen Spaziergang durch den Wald zu unternehmen. Ich zog meine Schuhe und meine Windjacke an und trat auf die Veranda. Die Luft roch nach Tang und Salz und die Möwen kreischten. Ich ging los in Richtung Wald und lief dann ein Stück am Waldrand entlang, bis ich nahe der Stelle, von der aus ich mich am Vortag so beobachtet gefühlt hatte, einen kleinen Pfad entdeckte. Nun erschien mir dieses Gefühl albern. Entschlossen bog ich auf den Waldweg ein. Die großen Kiefern standen gar nicht so dicht zusammen, wie ich gedacht hatte, aber es gab viele Büsche und Sträucher, die den Eindruck von dichter Wildnis hervorriefen. Hier im Wald roch es würzig und nach feuchter Erde. Einzelne Sonnenstrahlen fielen durch das dichte Grün und tauchten den Wald in ein diffuses Licht. Das Rauschen der Brandung wurde von den Bäumen nach und nach verschluckt, während ich dem Pfad folgte. Stattdessen hörte ich Vögel zwitschern und hier und da ein Knacken im Unterholz. Ob es hier wohl Wölfe oder Bären im Wald gab? Ich überlegte, was ich wohl tun würde, wenn ich plötzlich einem Bären gegenüberstünde, als ich an eine Weggabelung kam. Der zweite Weg war noch schmaler, als der, auf dem ich mich befand. Er machte einen Bogen in die Richtung, in der ich die Küste vermutete, während der andere tiefer in den Wald hineinführte. Ich entschied mich, dem schmalen Weg Richtung Küste zu folgen, um dann an den Klippen entlang zurück zum Haus zu gehen.

Der Pfad wurde immer unwegsamer. Das Licht war dämmrig. Farn und moosbewachsene Wurzeln machten es mir schwer, dem Weg zu folgen. Ich befürchtete gerade von ihm abgekommen zu sein, als der Wald sich zu einer Lichtung öffnete. Für einen Moment stockte mir der Atem. Ich trat ins Licht und staunte nicht schlecht: Dies war nicht bloß irgendeine Waldlichtung. Auf der von Brennnesseln und Wildblumen bewachsenen Wiese standen bunt angemalte Holzbuden und in der Mitte ein großes Karussell. »Fantastisch!«, entfuhr es mir. Ich umrundete eine Bude, auf der in rosafarbenen Buchstaben Candy stand und ging auf das Karussell zu. Es war ein richtiges historisches Karussell mit verschieden Reittieren aus Holz und einer Kutsche. Als ich näher kam, erkannte ich, dass es sich bei den Figuren um Meerestiere handelte. Die vermeintlichen Pferde waren bunte Seepferdchen. Doch es gab auch Fische, Kraken und sogar eine Meerjungfrau. Staunend wie ein Kind stieg ich auf das Karussell und lief zwischen den Figuren umher. Sie waren liebevoll bemalt. Bei der einen oder anderen Figur splittere jedoch bereits die Farbe ab. Einem Fisch fehlte eine Flosse und der Meerjungfrau ein Auge. Dennoch strahlten die Figuren eine faszinierende Lebendigkeit aus. Die Kutsche war eine große Muschel, die von zwei Delfinen gezogen wurde. In der Muschel befand sich eine Sitzbank für zwei Personen. Der Lederbezug war zerschlissen. Es sah aus, als hätte jemand mit einem Messer einen tiefen Schnitt in das Polster gemacht. Ich betrachtete das Polster genauer. Unter der Sitzbank befand sich ein Verschluss der offensichtlich mit Gewalt herausgebrochen worden war. Die Bank ließ sich hochklappen. Darunter kam ein geheimes Fach zum Vorschein. Hier konnte man etwas verstauen, aber es war leer. Ich klappte die Sitzbank wieder runter und ging weiter. Tante Megan hatte mir nie davon erzählt. Ob sie von diesem Karussell nichts gewusst hatte? Das konnte ich mir eigentlich nicht vorstellen. Ich stieg in die Muschelkutsche, setzte mich und blickte nach oben. An der Decke befanden sich Bilder von Wellen und Seeungeheuern. Dazwischen waren viele Glühbirnen und glitzernde Steinchen angebracht. Es musste wunderbar aussehen, wenn die Lampen leuchteten. Ich fragte mich, ob die Lichter noch funktionierten. Schließlich stand ich auf und ging zur Mittelsäule. Das Herzstück des Karussells war ebenfalls mit liebevollen Malereien verziert. Zusätzlich schmückten Spiegelstückchen und Glassteine das Ganze. Zwischen den Bildern befanden sich weitere Glühbirnen, die sich in Reihen bis hoch zur Decke des Karussells erstreckten. Langsam umrundete ich die Mittelsäule. Irgendwo musste sich doch so etwas wie ein Schalter befinden.

Dann entdeckte ich, dass sich in einem der Bilder ein kleiner Griff befand. Ich blieb davor stehen. Anscheinend verbarg sich dahinter etwas. Ich zog am Griff. Nichts tat sich. Ich zog fester. Doch meine Bemühungen blieben erfolglos.

»Verdammt«, entfuhr es mir. »Warum lässt es sich nicht öffnen?« Plötzlich hörte ich ein knarrendes Geräusch. Ich blickte über meine Schulter und spähte in die Richtung, aus der der Laut gekommen war. Hinter dem Karussell stand ein alter Zirkuswagen und ein Hau-den-Lukas-Stand. Ansonsten war niemand zu sehen. Vermutlich hatte ich mich getäuscht. Doch bevor ich meine Aufmerksamkeit wieder auf den Griff richten konnte, entdeckte ich zwischen den hölzernen Reittieren, eine Figur, die mich sofort in ihren Bann zog. Es war ein sehr großes, vollkommen schwarzes Seepferd mit einem wilden, fast düsteren Gesichtsausdruck. Ich ging auf die Figur zu. Das Seepferd hatte keine Verzierungen, bis auf zwei intensive Augen. Sie waren aus tiefrot glitzernden Steinen gefertigt. Auch war die Figur nicht bunt bemalt, sondern aus fast schwarzem Holz. Die Schnitzereien sahen im Gegensatz zu den anderen Figuren eher grob aus. Allerdings besaß dieses Seepferd einige geschnitzte Schuppen und eine wilde Mähne, die es fast wie einen Drachen erscheinen ließen. Ich fuhr mit der Hand die Linien nach. Der hölzerne Sattel auf dem Rücken des Seepferds war aus einem anderen Holz gemacht und dem Tier vermutlich erst nachträglich angepasst worden. Eine seltsame Aufregung erfasste mich. Ich musste mich unbedingt auf das Seepferd setzen. Ich versuchte gerade auf den Rücken zu steigen, als mich jemand von hinten packte und zurückzerrte.

Ich stieß einen spitzen Schrei aus und taumelte erschreckt gegen eine fremde Brust.

»Was hast du hier zu suchen?«, fuhr mich eine männliche Stimme an.

Ich drehte mich um und stand einem Typen gegenüber, der ungefähr in meinem Alter war und unverschämt gut aussah. Seine Haare waren so dunkel wie das Holz des Seepferds und seine Augen von einem überraschend intensiven Hellblau.

»Mann, hast du mich erschreckt«, stammelte ich überrascht.

Er verschränkte die Arme und sah mich mit zornig funkelnden Augen an. Anscheinend erwartete er eine Erklärung von mir.

Ich musste meinen Blick heben, um ihm in die Augen zu sehen, denn er war über einen Kopf größer als ich.

»Also ich ...«, begann ich zögerlich. »Ich heiße Caitlin und ...«

»Dein Name interessiert mich nicht«, unterbrach er mich barsch. »Keiner hat sich hier herumzutreiben!«

»Ich treibe mich nicht herum! Ich habe lediglich einen Spaziergang gemacht«, erwiderte ich nun auch eine Spur schärfer. Was bildete sich dieser Typ eigentlich ein, so mit mir zu sprechen? Erst erschreckte er mich beinahe zu Tode und dann stellte er sich nicht mal vor. Und was machte er überhaupt hier?

»Ich habe kein Schild gesehen, das diese Lichtung als Privatgrundstück kennzeichnet«, fuhr ich fort und blickte ihn herausfordernd an.

»Um das zu erkennen braucht man keine Schilder. Es ist ja wohl klar, dass dieser historische Jahrmarktsplatz Privatgrundstück ist – und kein Spielplatz für kleine Mädchen. Also sieh zu, dass du verschwindest!«, forderte er mich auf.

Das war ja wohl die Höhe. Was bildete dieser arrogante Kerl sich eigentlich ein?

»Genauso gut könnte ich dich fragen, was du hier zu suchen hast. Woher soll ich wissen, ob du hier sein darfst? Ich kenne dich schließlich nicht!« Ich war nicht bereit, mich von diesem Jungen einschüchtern zu lassen. »Du hast mir nicht mal deinen Namen verraten!«, setzte ich noch hinzu.

Mist, hatte ich das eben tatsächlich gesagt? Jetzt musste er denken, ich wäre an ihm interessiert. Der finstere Zug um seinen Mund wich einem amüsierten Lächeln. »So, du willst also wissen wie ich heiße?«, fragte er.

»Nein, will ich gar nicht«, stritt ich hastig ab. »Ich will nur wissen, was du hier machst!«

»Ich arbeite hier«, antwortete er knapp.

»Du arbeitest hier?«, wiederholte ich verwundert und sah mich um. Das Gelände mit den alten, und zum Teil kaputten Jahrmarktsbuden, machte nicht den Eindruck, als ob regelmäßig Besucher herkamen. Nur das Karussell schien in einem einigermaßen gut erhaltenen Zustand zu sein. Was konnte man denn hier arbeiten?

Er schien meine Gedankengänge zu erraten und schüttelte leicht den Kopf über meine offensichtliche Begriffsstutzigkeit. »Ich restauriere das Karussell«, erklärte er mir.

»Oh«, antwortete ich wenig originell. Wir schwiegen einen Moment. »Funktioniert es denn noch?«, fragte ich dann hoffnungsvoll. Zu gerne hätte ich das Karussell in Betrieb gesehen.

»Ich arbeite noch an der Elektronik. Fahrbereit ist es noch nicht, aber die Beleuchtung geht.«

Während er redete, wirkte er schon nicht mehr so unfreundlich und ich traute mich ihn zu fragen: »Kann ich sie sehen?«

Er warf mir einen Blick zu, den ich nicht deuten konnte. »Na gut, komm mit.«

Zielstrebig ging er zur Mittelsäule und blieb vor dem Bild mit dem Griff stehen.

»Hier befindet sich der Steuerungskasten«, erklärte er mir. Ich nickte.

Er fuhr mit der Hand in die Hosentasche seiner Jeans und holte einen großen Schlüssel heraus. Diesen steckte er in eine Öffnung, die sich gut verborgen im

Auge einer abgebildeten Seeschlange befand, und drehte ihn um, während er am Griff zog. Der Steuerungskasten öffnete sich ohne Probleme. Ich spähte auf ein Gewirr aus Hebeln und Kabeln. Er drückte einige Hebel und dann flackerte das Licht auf. Ich drehte mich um mich selbst und bestaunte das Karussell mit großen Augen. Es sah wundervoll aus. Die Spiegelstückchen und glitzernden Glassteine warfen das Licht in bunten Farben zurück. Vermutlich war dieses Farbenspiel in der Dunkelheit sogar noch beeindruckender.

»Märchenhaft!« flüsterte ich. Ich ließ meinen Blick wandern. Plötzlich erstarb die Lichterpracht. Enttäuscht wandte ich mich um. Er hatte die Hebel wieder umgelegt. »So das reicht für heute«, sagte er bestimmt.

Ich war ein wenig traurig. »Was meinst du, wann das Karussell wieder fahrbereit ist?« In Gedanken sah ich mich selbst – auf dem schwarzen Seepferd sitzend – mit dem Karussell fahren.

Er zuckte die Schultern. »Mal sehen. Es fehlen noch ein paar Ersatzteile. Aber wir waren fast so weit.«

»Wir?«, fragte ich nach.

»Ja, Mrs Steel und ich. Ihr gehört das Karussell. Sie hat die Bilder und Holztiere aufgearbeitet.«

»Megan Steel?«, fragte ich unnötiger Weise noch einmal nach.

Er nickte und strich sich dann mit einer lässigen Geste eine Haarsträhne aus dem Gesicht.

»Aber meine Tante … Megan ist tot«, sagte ich nun tonlos.

»Ich weiß.« Sein Blick wurde kühl. »Aber ich werde weitermachen. Das musste ich ihr versprechen.«

Ich sah fragend zu ihm hoch. »Wie meinst du das?«

Er sah mich direkt an. Sein Blick machte mich ganz nervös. »Es war ihr Traum, dieses Karussell wieder zum Leben zu erwecken. Sie wollte mit dem kleinen historischen Jahrmarkt mehr Touristen nach Port Pine locken. Die Menschen mögen so etwas, hat Megan immer gesagt. Sie plante später weitere historische Fahrgeschäfte zu erwerben und den Jahrmarkt auszubauen. Kurz vor ihrem Tod, hat sie zu mir gesagt, dass ich auf jeden Fall weitermachen soll, egal was passiert. Und ich stehe zu meinem Wort.«

Für einen Moment keimte in mir so etwas wie Eifersucht auf, weil er meine Tante beim Vornamen nannte und sie scheinbar sehr gut gekannt hatte. Immerhin hatte sie mir nie von diesem Platz erzählt. Doch ich schüttelte das unsinnige Gefühl sofort ab. Dann kam mir ein anderer Gedanke in den Sinn. »Das klingt so, als ob Tante Megan geahnt hätte, dass ihr etwas passiert.«

»Hm«, machte er und sah für einen Moment gedankenverloren in die Ferne. Dann wandte er sich wieder mir zu und sagte: »Du bist also Megans Nichte?«

Ich nickte. »Ja, und damit gehört das Karussell wohl jetzt mir, schätze ich.« So viel dazu, dass ich kein Recht hatte hier zu sein, setzte ich in Gedanken trotzig hinzu.

»Und?«, fragte er, während er mich intensiv musterte, wie ein Wolf ein Kaninchen. »Was wirst du mit dem Karussell anfangen?«

Ich ließ meinen Blick noch einmal über die Holztiere wandern. Vermutlich würde das Karussell bei Liebhabern eine Menge Geld einbringen. Mein Blick blieb am schwarzen Seepferd haften. Seine rot glühenden Augen schienen mir tief in die Seele zu sehen.

»Wir machen weiter!«, entschied ich spontan. Warum ich auf so eine verrückte Idee kam und wie wir das bewerkstelligen sollten, war mir allerdings nicht klar.

Er nickte zufrieden, fragte mich dann aber mit einem süffisanten Unterton: »Und was kannst du? Kannst du die Holzarbeiten fortführen oder kennst du dich mit Elektronik aus?«

»Ich äh, also ...«, stammelte ich. »Ich kann ganz gut malen. Ich fange erst mal an, die abgesplitterte Farbe an den Reittieren auszubessern.«

»Okay, dann treffen wir uns morgen hier um zehn Uhr«, entschied er. »Und sei pünktlich.« Damit drehte er sich um und ließ mich stehen. Was war denn das wieder für ein Verhalten?

»He, ich weiß immer noch nicht wie du heißt!«, rief ich ihm nach.

Er lachte kurz auf und blieb stehen. »Ich bin Alan.«
Dann verschwand er hinter dem Zirkuswagen.

Kapitel 3

Von kleinen und großen Piraten

Meine kleine Waldexkursion hatte länger gedauert als beabsichtigt und so war es schon später Nachmittag, als ich mit dem Fahrrad in Port Pine ankam. Wenigstens hatte sich der Nebel komplett verzogen und die Sonne lachte vom wolkenlosen Himmel, sodass mir die Fahrradtour in die Stadt richtig Spaß machte. Heute war etwas mehr auf den Straßen los als am Vortag. Vermutlich, weil die Geschäfte um diese Zeit geöffnet waren. Auf meinem Weg die Hauptstraße entlang, entdeckte ich einen Supermarkt, in dem ich meine Einkäufe erledigen konnte. Zunächst wollte ich aber Mrs Madigan einen Besuch abstatten und fuhr zielstrebig weiter.

Als ich eintraf, stand ein Ehepaar mit zwei kleinen Kindern am Kundentresen. Die Familie wollte das Piratenfestival besuchen. Molly Madigan war ganz in ihrem Element. Sie strahlte über ihr rundes Gesicht, während sie dem Paar alles erklärte. Ich stand bei der Tür, studierte ein Plakat und wartete geduldig. Nach einigem Hin und Her mietete das Ehepaar ein Auto und Molly erklärte ihnen, wo sie den Wagen abholen könnten. Nachdem die Familie das Büro verlassen hatte, wandte Molly Madigan sich mir zu. »Wie schön, Sie wiederzusehen. Wie gefällt es Ihnen hier bisher?«, erkundigte sie sich.

»Das Haus meiner Tante ist wirklich schön und auch das Grundstück ...« Ich stockte.

»Ja«, nickte sie eifrig. »Die Gegend ist wirklich einmalig. Auch wenn das Haus bei den Klippen etwas abgelegen ist. Und jetzt wollen sie unseren schönen Ort erkunden?«

»Das auch, aber vor allem muss ich einige Erledigungen machen und dachte, Sie könnten mir vielleicht sagen, wo ich die Bank und die Postfiliale finde.«

»Aber natürlich!«, lächelte Mrs Madigan. »Einen Moment.« Sie zog einen kleinen Stadtplan aus der Schublade. »Allerdings befürchte ich, dass die Bank um diese Zeit schon geschlossen hat.«

Als ich die Touristeninformation kurz darauf wieder verließ, hatte ich den Faltplan in der Tasche, auf dem Mrs Madigan alle wichtigen Orte markiert hatte. Ich schwang mich auf mein Fahrrad und fuhr Richtung Hafen. Dort sollte sich die Postfiliale des Ortes befinden. Ich radelte durch einige Seitenstraßen mit den typischen Holzhäusern, gepflegten Vorgärten und üppigen Blumenbeeten. Der Geruch von Salzwasser wehte vom Hafen herüber. Der kleine Ort gefiel mir immer besser. Die Postfiliale lag direkt neben einem Geschäft, das Sally's Bookstore hieß. Ich blieb stehen und überlegte. Der Name kam mir irgendwie vertraut vor. Natürlich, ich hatte ihn auf dem Bankschreiben entdeckt. Ob das ein Zufall war? Ohne lange zu überlegen betrat ich den Laden. Eine kleine Glocke schellte. Der angenehme Geruch von Papier und Rosenblättern hing in der Luft. Es war still im Laden. Ich ging durch zwei Reihen mit deckenhohen Bücherregalen, die nicht nur neue Bücher, sondern auch gebrauchte Exemplare beherbergten. Es schien sich hier um ein Antiquariat zu handeln. Niemand war zu sehen. In einer Ecke befand sich ein Verkaufstresen mit einer altmodischen Registrierkasse. Daneben standen kleine Figuren indischer Gottheiten, sowie eine Räucherschale, aus der Rauchschwaden emporstiegen, die den Rosenduft verbreiteten. Vor dem zweiten Ladenfenster lud eine Sitzgruppe mit vielen bunten Sitzkissen zum Verweilen ein. Auf dem Tisch davor thronte ein Samowar inmitten von mehreren Teetassen. Ich fühlte mich sofort wohl in diesem Laden. Neben dem Tisch befand sich ein weiteres Holzregal, an dem ein Schild mit der Aufschrift „Informationen und Geschichte von New England" hing. Interessiert trat ich näher und studierte die Rückentitel der Bücher. Es handelte sich um verschiedene Bücher über die Region. Zwischen nicht mehr ganz neuen Reise- und Touristenführern, gab es auch einige Titel über die Geschichte von Port Pine. Ein kleines, in Leder gebundenes Buch erregte meine Aufmerksamkeit. Ich war ganz in die Lektüre vertieft, als ich hinter mir plötzlich einen lauten Knall hörte und einen Aufschrei. »Megan!«

Erschrocken drehte ich mich um. Eine blonde Frau im sommerlichen Batikkleid stand kreidebleich im Raum. Zu ihren Füßen lagen mehrere Bücher. Sie sammelte sich sofort wieder und sagte: »Entschuldigen Sie, ich habe Sie von hinten verwechselt. Aber Ihre zierliche Gestalt und die langen roten Locken. Natürlich ist es unmöglich ...« Etwas verwirrt schüttelte sie den Kopf und bückte sich, um die Bücher aufzuheben.

Ich eilte ihr entgegen und half ihr dabei. »Das ist kein Grund sich zu entschuldigen«, versicherte ich, »ich sehe meiner Tante ziemlich ähnlich. Viele Leute vertun sich da.«

Die Frau reichte mir nun die Hand. »Aber nur von hinten. Du bist ja noch ein junges Mädchen.« Sie lächelte. »Wenn Megan deine Tante war, dann musst du Caitlin sein. Ich bin Sally Silverstone. Megan und ich waren die besten Freundinnen!«

»Sehr erfreut, Sie kennenzulernen, Mrs Silverstone«, erwiderte ich und drückte ihre Hand. Sie winkte ab. »Sag bitte Sally zu mir. Wenn man mich siezt, komme ich mir so schrecklich alt vor!«

Ich nickte. Sally lud mich zu einem Tee ein und wir setzten uns auf die gemütlichen Korbstühle. Sie rührte in ihrem Yogitee. »Megan hat mir viel von dir erzählt«, begann sie. »Du studierst in London, nicht wahr? Sie war unglaublich stolz auf dich.«

Unruhig rutschte ich auf dem Sitzpolster herum. »Ja, meine Tante und ich hatten ein sehr gutes Verhältnis – glaubte ich zumindest«, setzte ich etwas leiser hinzu.

Sally zog fragend eine Augenbraue hoch.

»Meine Tante hat mir von Ihnen, entschuldige dir, nichts erzählt. Auch nicht von ...«, ich stockte. Wusste Sally von dem alten Jahrmarkt? »Von ihrem, äh ... Projekt«, beendete ich den Satz.

Sally lächelte mich herzlich an. »Nun ich denke mir, Megan wollte lieber alles aus deinem Leben erfahren und hielt es nicht für wichtig, von mir zu erzählen. Vermutlich wollte sie dich auch mit ihrem Projekt überraschen. Sie hat mir gegenüber einmal erwähnt, dass sie, bis zu deinem geplanten Besuch, das Karussell unbedingt fahrbereit haben wollte. Sie war eine starke Frau und die beste Freundin, die ich je hatte. Wir saßen so oft hier zusammen und tranken Tee.« Sally seufzte leise und nippte an ihrer Tasse.

Einen Augenblick lang schwiegen wir beide. Ich überlegte. In all ihren Mails hatte Tantchen mich immer nur nach meinem Leben gefragt, aber nie viel von sich erzählt und ich hatte sie niemals darauf angesprochen. Jetzt da sie tot war, entdeckte ich erst, was ihr in den letzten Monaten wichtig gewesen war. Es war ein seltsames Gefühl.

»Natürlich bleibt hier im Ort nichts lange geheim«, fuhr Sally fort zu erzählen. »Vor allem, weil Megan auch Material und Hilfe für die Arbeit am Karussell brauchte. Doch die Bewohner, auch wenn sie alle den Tourismus fördern wollen, waren damit gar nicht einverstanden. Ich nehme an, wegen der alten Geschichte.«

»Was für eine alte Geschichte?«, hakte ich neugierig nach und erinnerte mich an die seltsame Andeutung, die Mrs Madigan gestern gemacht hatte.

»Nun ja«, begann Sally zu erzählen, während sie uns beiden Tee nachschenkte. »Die Leute erzählen sich, dass eines der hölzernen Reittiere die Galionsfigur eines Schiffes gewesen sein soll. Eines der letzten Sklavenschiffe, das seine menschliche Fracht vom

schwarzen Kontinent nach Amerika brachte. Wie du
sicher weißt, wurden diese armen Menschen nicht
besonders gut behandelt und unter unwürdigen Zu-
ständen verschifft. Eingepfercht in den Laderäumen
und ohne ausreichend Nahrung, starben viele Sklaven
schon während der Überfahrt. Die schwarze Flotte, zu
der auch der Seelenverkäufer mit der besagten Galionsfigur gehörte, war besonders verrufen. In einer
nebeligen Nacht, so erzählt man, sei das Schiff weit
vom ursprünglichen Kurs abgekommen und an den
Klippen vor der Küste zerschellt. Die Besatzung hat
sich auf den wenigen Rettungsboten in Sicherheit
gebracht, aber die armen Teufel, die im Bauch des
Schiffes in schweren Ketten lagen, hat man mit dem
Schiff untergehen lassen. Sie ertranken alle qualvoll.
Keiner hat überlebt. Teile des zerschellten Schiffes
trieben mit den Wellen an Land. Darunter war auch
die Galionsfigur des Sklavenschiffes: Ein schwarzes
Seepferd.«

Ich umklammerte meine Teetasse mit beiden Händen, während ich flüsterte: »Das Seepferdchen vom
Karussell!«

Sally nickte mir bestätigend zu und erzählte weiter:
»Ein Fischer fand die Wrackteile und verkaufte alles,
was sich zu Geld machen ließ. Kurz darauf soll der
Fischer ums Leben gekommen sein. Er fuhr aufs Meer
und verschwand spurlos. Das ist natürlich nichts Un-
gewöhnliches und passierte häufig. Doch auch der
Händler, der damals die Galionsfigur kaufte, verstarb
plötzlich an einer seltsamen Krankheit.«

»Das könnte doch ein Zufall gewesen sein«, gab ich
zu bedenken.

»Hm, vermutlich war es auch nur ein Zufall. Aber die Menschen fingen an zu erzählen, dass die Geister der Ertrunkenen sich aus dem Meer erheben würden, um all jene zu strafen, die mit dem Seepferd zu tun hatten. Eine andere Version lautete, dass die verlorenen Seelen auf dem Meeresgrund keine Ruhe fanden, so lange noch Teile des verfluchten Schiffes an Land waren und so kamen sie bei Nebel an Land und suchten die Galionsfigur, um sie mit ins Meer zu holen. So entstehen Legenden.« Sally zuckte mit den Schultern. »Möchtest du noch Tee?«

»Nein, danke.« Ich schüttelte den Kopf. Die Geschichte faszinierte mich. »Und wie kam es dazu, dass das Seepferdchen heute auf dem Karussell steht?«

»Über Umwege gelangte die Galionsfigur viele Jahre später in den Besitz des Erbauers. Vermutlich, als er Holz für den Bau des Karussells kaufte. Genaues weiß man nicht. Er war von dem Seepferd so fasziniert, dass er es erwarb und auf seinem Karussell aufstellte. Zwischen all den Meerestieren nahm das schwarze Seepferd eine Sonderstellung ein, allein wegen seiner düsteren Herkunftsgesichte. Doch das störte den Karussellbesitzer offenbar nicht. Ich kann mir sogar vorstellen, dass er die Legende der verlorenen Seelen bewusst nutzen wollte, um möglichst viele Menschen anzulocken. Und zunächst funktionierte das auch.

Doch an einem nebligen Abend gab es ein Unglück. Ob es an der Luftfeuchtigkeit lag, oder einfach die Elektronik fehlerhaft war, wurde nie geklärt. Die lange Metallstange, an der das Seepferd im Karussell befestigt war und die als Haltegriff diente, stand plötzlich unter Strom. Das Licht flackerte auf und ein junger Mann, der auf dem schwarzen Seepferd saß, bekam einen starken Stromschlag. Er war sofort tot. Einige Zeit später stürzte ein Mitarbeiter bei Reparaturarbeiten an der Decke von der Leiter. Er brach sich das Genick und wurde tot auf dem Boden liegend vor dem Seepferd aufgefunden. Ebenfalls an einem nebligen Tag. Die Leute hier im Ort begannen sich zu erzählen, dass die Figur verflucht sei. Jeden, der dem Seepferd zu nahekam oder gar wagte auf seinen Rücken zu steigen, würde der Tod ereilen. So entstand die Legende vom Nebelfluch des schwarzen Seepferds. Natürlich kann es sich bei all diesen Unglücksfällen um Zufälle gehandelt haben. Aber die Menschen hier sind ein wenig abergläubisch. Niemand wollte mehr mit dem Karussell fahren. Schlimmer noch, die Besucher blieben dem Jahrmarkt ganz fern, aus Angst, auch sie könnte der Fluch treffen. Der Besitzer ging pleite. Die anderen Fahrgeschäfte wurden verkauft, nur das Karussell wollte keiner haben. So blieb es zusammen mit einigen Restbeständen auf dem Gelände und zerfiel, bis Megan das Grundstück erwarb. Natürlich gab sie nichts auf die alten Gerüchte. Im Gegenteil, sie war begeistert, als sie von den Überresten des alten Jahrmarktes erfuhr. Ganz besonders hatte es ihr das schwarze Seepferd angetan. Mit Feuereifer plante sie die Restauration des historischen Karussells. Zunächst bat sie den Bürgermeister um Unterstützung bei ihrem Vorhaben – schließlich würde so ein alter Jahrmarkt der ganzen Stadt zugutekommen – aber die Leute erinnerten sich an die Unglücksfälle und hatten Angst. Deshalb wollte ihr auch

niemand bei der Arbeit am Karussell helfen außer
dem Wilson-Jungen.«

»Alan?«, fragte ich.

»Ja, Alan Wilson. Du hast ihn also schon kennenge-
lernt«, schlussfolgerte Sally.

Ich nickte und berichtete kurz von meiner Begegnung mit Alan.

»Sei vorsichtig mit ihm. Er hat Megan geholfen, aber
er genießt hier im Ort nicht den besten Ruf.«

Ich horchte auf und wollte Sally gerade fragen, was
mit Alan nicht stimmte, als sie aufstand und das Gespräch auf ein anderes Thema lenkte.

»Wie hast du mich eigentlich gefunden?«, fragte sie
mich, während sie die Teetassen abräumte.

»Gefunden ist eigentlich nicht das richtige Wort. Das
war mehr ein Zufall«, lachte ich. »Ich wollte in der
örtlichen Postfiliale telefonieren. Die Telefonleitung in
Tantchens Haus ist tot und mein Handy hat keinen
Empfang dort. Außerdem wollte ich den Strom- und
Wasseranbieter anrufen. Nicht dass ich plötzlich im
Dunkeln sitze. Jedenfalls sah ich das Ladenschild und
erinnerte mich daran, dass meine Tante den Namen
Sally auf ihren Unterlagen notiert hatte. Ich wusste
nicht, ob das ein Zufall war und so bin ich einfach mal
hier reingegangen.«

»Das war eine hervorragende Idee von dir.« Sally
zwinkerte mir zu. »Um die lästigen Telefonanrufe zu
erledigen, brauchst du übrigens nicht in die Postfiliale
zu gehen. Das kannst du gerne von hier aus machen.«

»Das ist sehr nett, aber das kann ich doch nicht annehmen«, wandte ich ein.

»Unsinn! Megan war meine beste Freundin und du bist ihre Nichte, also freue ich mich, wenn ich dir helfen kann. Hinten im Büro findest du ein Telefon und einen Laptop mit Internetzugang sowie ein Faxgerät. Erledige alles in Ruhe.«

Ich ließ mir von Sally das Büro zeigten. »Fühl dich ganz wie zu Hause, Caitlin. Du kannst alles nutzen.« Sie klappte den Laptop auf. »Megan hat ihre E-Mails auch immer hier geschrieben.«

Ich grinste. »Aha, ich habe mich schon gewundert, von wo aus sie mir die Mails geschickt hat, weil im Arbeitszimmer gar kein Computer steht.«

Sally ließ mich allein. Ich nahm am Schreibtisch Platz und zog die Rechnungsschreiben aus meinem Rucksack. Dann griff ich zum Telefonhörer und wählte die erste Nummer.

Einige Zeit später hatte ich alles erledigt. Zum Schluss schrieb ich Lara noch eine E-Mail, damit sie sich keine Sorgen um mich machte. Als ich wieder den vorderen Teil des Ladens betrat, stand Sally am Verkaufstresen und sortierte verschiedene Bücher.

»Na, alles erledigt?«, fragte sie mich, als ich neben sie trat.

Ich nickte.

»Fein, übrigens habe ich noch etwas für dich. Das hatte ich ganz vergessen.« Sally zog eine Schublade von einem kleinen Schrank hinter sich auf und kramte darin herum. »Diesen Briefumschlag hat Megan bei mir hinterlegt. Sie meinte, falls ihr etwas passieren sollte, müsste ich den Umschlag an ihre Nichte geben – also an dich.«

Ich nahm den Brief entgegen. Darin befand sich ein Zettel mit einem aufgeklebten Schlüssel. Auf dem Zettel stand National Bank Eastport, Clark Street und die Nummer 824, die sich ebenfalls auf dem Schlüssel wiederfand. Für einen Moment war ich enttäuscht. Ich weiß nicht, was ich erwartet hatte, aber ganz gewiss nicht einfach nur einen Schlüssel und eine Adresse. Wie sehr hätte ich mich über ein paar geschriebene Zeilen meiner Tante gefreut. Ich ließ den Zettel sinken. »Das scheint ein Schlüssel für ein Schließfach zu sein«, meinte Sally, die mir über die Schulter geblickt hatte.

»Weißt du, was sich darin befinden könnte?«, fragte ich sie.

»Leider nicht. Megan hat mir über den Inhalt des Briefes nichts gesagt. Ich befürchte, du muss es selbst herausfinden. Aber wo wir gerade bei Schlüsseln sind. Ich habe noch den zweiten Haustürschlüssel von Megan. Eigentlich wollte ich nach ihrem Tod nach dem Rechten sehen, konnte mich aber nicht dazu überwinden, ihr Haus zu betreten.«

Das konnte ich nur zu gut verstehen.

»Warte ich gebe dir den Haustürschlüssel«, sagte Sally und wollte gerade ins Büro gehen, um ihn zu holen.

»Das ist nicht nötig«, erwiderte ich. »Ich würde es besser finden, wenn du ihn behältst, falls ich mich mal aussperre oder so.«

»Wenn du das möchtest, behalte ich ihn gerne, Caitlin. Solltest du den Schlüssel brauchen, kannst du ihn dir jederzeit abholen.«

Kurz darauf verabschiedete ich mich von Sally. Es wurde Zeit meine Einkäufe zu erledigen.

Sie nahm mich zum Abschied in den Arm und sagte: »Du kannst mich jederzeit besuchen kommen.«

Ich lächelte sie dankbar an. Auch wenn Sally ungefähr in dem Alter meiner Tante war, so war es toll, in ihr so etwas wie eine Freundin zu haben. Ich fühlte mich gleich viel heimischer.

Vor dem Laden blieb ich einen Augenblick stehen. Ich blickte auf die Segelboote, die sanft auf dem Wasser hin und her schaukelten. Als ich auf mein Fahrrad zuging, sah ich einen großen Typ auf mich zukommen. Er trug ein Piratenkostüm mit einem abgewetzten Piratenhut. In sein braunes Haar hatte er einige Perlenschnüre gebunden. Seine langen Beine steckten in hohen Lederstiefeln. Ich überlegte gerade, ob sein kunstvoller Bart wohl angeklebt war, als der Pirat vor mir stehenblieb. Er hielt mir einen rosafarbenen Flyer entgegen.

»Mylady, kommen Sie ins Pink Pearl.«

»Pink Pearl?«, echote ich irritiert.

»Pink Pearl, das Restaurant, wo Hummer und Seefisch immer frisch auf den Tisch kommen!«, informierte er mich mit stolzgeschwellter Brust.

»Aha, ein wirklich klangvoller Name für ein Restaurant.« Ich musste mir ein Lachen verkneifen und blickte schnell auf den Flyer.

»Unsere Öffnungszeiten sind Dienstag bis Sonntag von 11 bis 23 Uhr. »Klar soweit?!«, grinste er mich an.

»Äh, ja, ich glaube schon.« Da hatte aber jemand definitiv zu oft Fluch der Karibik geguckt.

»Dann sehen wir uns dort, holde Maid!«

Ich nickte automatisch und er zwinkerte mir schelmisch zu. Dann drehte er sich um und lief zielstrebig auf ein Pärchen zu, dem er ebenfalls einen Flyer entgegenstreckte.

Als ich wenig später beim Supermarkt mein Fahrrad anschließen wollte, hörte ich ein lautes Scheppern aus einer schmalen Gasse. Zwischen einigen Mülltonnen glaubte ich einen dunklen Schatten zu erkennen. »Hallo?«, rief ich. Für einen Moment war alles still. Ich ging langsam in die Richtung. Dann erklang ein bedrohliches Knurren und ich sah in die Augen eines struppigen Hundes, der zwischen zwei umgekippten Mülltonnen kauerte. Er fletschte die Zähne und wich gleichzeitig geduckt zurück. Ein hungriger Streuner. Mit wilden Hunden war nicht zu spaßen, dennoch tat er mir irgendwie leid und so sprach ich mit sanfter Stimme auf den Hund ein: »Na du! Du musst keine Angst vor mir haben. Ich tue dir nichts.«

Der Hund legte den Kopf schief und schien zu überlegen, ob er mir trauen konnte. Vermutlich war er es nicht gewohnt, dass jemand freundlich mit ihm sprach. Ich redete weiter ruhig auf das Tier ein. »Bist du hungrig, mein Armer?«

Der Hund knurrte immer noch leise, wedelte aber mit dem Schwanz und kam vorsichtig näher. Er war ein mittelgroßer Mischling mit hellbraunem Fell und schwarzen Flecken. Jetzt im Licht erkannte ich, dass ein schwarzer Fleck genau über seinem rechten Auge prangte, so dass es fast so aussah, als würde der Hund eine Augenklappe tragen.

Ich musste fast ein wenig bei dem Gedanken schmunzeln. »Na, du bist aber mal ein echter Pirat! Räuberst du hier die Mülltonnen aus?«

Der Hund stellte beim Wort ›Pirat‹ die Ohren auf und wedelte weiter mit dem Schwanz. Vorsichtig streckte ich meine Hand aus, um ihn daran schnuppern zu lassen.

In diesem Moment ging hinter mir eine Tür auf. Eine Frau mit einem Besen kam in die Gasse gelaufen und schrie wütend: »Verschwinde endlich, du Mistvieh!«

Ich sprang erschrocken zurück. Der Hund fing an zu knurren und fletschte die Zähne. Die blonde Frau schlug mit dem Besen nach dem Tier. »Lass dich hier nie wieder blicken!«

Das Tier wich vor dem Besen zurück an die Wand und als die Frau ihn erneut hob, ging ich dazwischen. »He, lassen sie den Hund zufrieden«, rief ich.

Der Streuner erkannte seine Chance, sprang raus und rannte über die Straße davon.

Die Frau ließ den Besen sinken und funkelte mich wütend an. »Sie haben ja keine Ahnung. Sehen Sie sich dieses Chaos an! Dieses Vieh schmeißt die Tonnen um und verteilt den ganzen Müll.« Anklagend zeigte sie auf die umgekippten Tonnen.

»Er hat doch nur Hunger«, verteidigte ich das Tier.

Empört schüttelte sie den Kopf. »Halten Sie sich da raus! Diese streunenden Hunde sind bissig und räudig. Die sollte man alle erschießen!« Sie begann den Müll zusammenzufegen.

Ich drehte mich um und ging zurück, um meine Einkäufe zu erledigen. Der Hund war nirgendwo zu sehen.

Als ich aus dem Supermarkt rauskam, schnallte ich meinen prall gefüllten Rucksack auf den Rücken, legte die Tüte mit den Getränken in den Fahrradkorb und schwang mich auf den Sattel. Beim Abbiegen auf die Main-Street, sah ich den Hund erneut. Er saß in einiger Entfernung an einer Ecke, so als ob er auf mich gewartet hätte. Ich fuhr an ihm vorbei und das Tier setzte sich in Bewegung. Ich drehte den Kopf und sah, wie der Streuner mir in sicherer Entfernung folgte. Ich hielt an und stieg ab. Der Hund blieb ebenfalls stehen. Ich betrachtete ihn eine Weile nachdenklich, dann stieg ich wieder auf und fuhr weiter. Als ich hinter mich blickte, sah ich, dass sich der Streuner ebenfalls wieder in Bewegung gesetzt hatte.

Das Spielchen wiederholte sich noch einige Male. Mittlerweile lag Port Pine hinter uns und der Hund folgte mir immer noch. Ich fuhr weiter die Landstraße entlang und überlegte, was ich tun sollte. Der Hund gehörte anscheinend niemandem. Aber ich konnte doch nicht einfach einen wilden Streuner bei mir aufnehmen. Schließlich würde ich bald wieder nach London zurückfliegen und was sollte dann aus dem Tier werden? Als ich von der Landstraße in den Waldweg einbog, der durch den dichten Kiefernwald Richtung Haus führte, blieb der Hund stehen. Ich fuhr ein Stück weiter und drehte mich um. Der Streuner saß noch immer an der staubigen Landstraße. Er bellte. Es klang fast wie eine Frage. Ich hielt erneut an und sah ihn an. Er saß mit strubbeligem Fell da und winselte. Mein Herz schmolz. Ich seufzte. »Okay, na komm kleiner Pirat! Zu Hause gibt's was zu futtern.«

Der Hund legte den Kopf schief. Ich stieg wieder auf und fuhr los. »Los, komm, sonst überlege ich es mir noch anders!«, rief ich.

Der Streuner sprang auf und lief zu mir. Diesmal blieb er nicht hinter mir, sondern trottete neben meinem Rad her bis zum Haus, als hätte er nie etwas anderes getan.

Kapitel 4

Nächtlicher Besuch?

Im Vorratsschrank meiner Tante hatte ich eine große Dose Corned Beef gefunden. Ich gab die Hälfte davon in einen tiefen Teller und stellte eine Schüssel Wasser dazu. Der Hund futterte alles mit Begeisterung auf, während ich mir ein Käsebrot machte und mich an den Küchentisch setzte. Als ich zu essen begann, schaute er mich mit großen Augen an und winselte. »Nein, du Räuber. Das ist genug. Den Rest bekommst du morgen. Nicht, dass du dir den Magen verdirbst.«

»Und gebettelt wird nicht!«, versuchte ich streng hinzuzufügen.

Der Hund kam zu mir und legte vorsichtig seine Schnauze auf mein Knie. Fast wäre ich weich geworden. Ob er sich wohl streicheln ließ? Vorsichtig fuhr ich mit der Hand über seinen Kopf. Er ließ es sich gefallen. Ich fing an ihn hinter dem Ohr zu kraulen. Der Hund schloss die Augen und ließ ein leises Jaulen ertönen.

»Gefällt dir das? Ja, das gefällt dir!« Ich lächelte. »Weißt du, jetzt brauchen wir noch einen passenden

Namen für dich. Wie könnte man einen kleinen Piraten wie dich nennen?«, überlegte ich. Ich blickte den Hund an. Er hatte immer noch seine Augen geschlossen und genoss die Streicheleinheiten sichtlich. Der dunkle Fleck sah tatsächlich wie eine Augenklappe aus. »Weißt du was, ich nenne dich einfach ›Pirat‹, denn du bist ja einer. Was meinst du, kleiner Pirat?«

Der Hund sah mich an und jaulte laut. »Ich deute das als ein Ja.« Ich grinste.

Nach dem Abendbrot zeigte ich meinem neuen Mitbewohner das Haus und ließ ihn noch einmal vor die Tür, bevor ich eine alte Decke hervorkramte, die sein Nachtlager werden sollte. Doch als ich aus dem Badezimmer kam, lag er ausgestreckt auf meinem Bett, schaute mir freudig entgegen und wedelte mit dem Schwanz.

»Nein, Pirat! Nein! Runter auf die Decke. Da ist dein Platz. Los, geh schon.« Es dauerte eine Weile bevor ich ihm klarmachen konnte, dass er auf keinen Fall mit im Bett schlafen würde.

Aber so sind Piraten! Erst stehlen sie sich in dein Leben und dann in dein Bett!

In dieser Nacht träumte ich wilde Sachen. In meinen Traum lief ich im Nachthemd durch den Kiefernwald. In der Ferne hörte ich Jahrmarktsmusik und sah Lichter zwischen den Bäumen hindurch scheinen. Ich lief barfuß auf die Lichter zu. Die Kiefernnadeln und Steine auf dem Weg bohrten sich in meine Fußsohlen. Zwischen den Bäumen hingen Nebelschleier. Ich erreichte atemlos die Lichtung. Die Musik kam vom

Karussell. Es drehte sich und alle Lichter schimmerten. Jemand saß auf dem schwarzen Seepferd. Es war meine Tante! Sie winkte mir zu und rief: ›Caitlin, komm zu mir. Komm und fahr mit mir auf dem Todeskarussell! Komm schnell und fahr mit mir, bis sie uns holen kommen!‹

›Aber wer sind sie und warum wollen sie uns holen?‹, rief ich ihr zu.

›Die verlorenen Seelen, Liebes! Sie kommen und werden dich holen, so wie sie mich geholt haben!‹ Sie lachte laut und schrill, während sich das Karussell immer schneller drehte.

›Nein!‹, schrie ich. Dann sah ich den Nebel. Er kam vom Wald her und hüllte alles ein. Plötzlich erstarb die Musik, und die Lichter gingen aus, während der Nebel mich umhüllte. Dunkle Schatten kamen auf mich zu. Etwas riss mich zu Boden. Ich wollte aufstehen, doch ich konnte meine Beine nicht bewegen ...

Ich riss die Augen auf und sah die Zimmerdecke. Mein Herz raste. Es war nur ein Albtraum gewesen, aber ich brauchte eine Minute um das zu begreifen. Doch meine Beine konnte ich auch danach kaum bewegen. Etwas Schweres lag darauf. Ich richtete mich auf und sah im spärlichen Licht des Mondes, der durch das Fenster drang, eine Gestalt auf meinem Bett liegen. Zuerst war ich erschrocken, dann begriff ich, dass es Pirat war, der es sich auf meiner Bettdecke gemütlich gemacht hatte.

Ich wollte ihn grade zurück auf seinen Platz schicken, als er den Kopf hob und anfing, laut zu knurren.

»Was ist los Pirat?«, fragte ich flüsternd.

Da hörte ich ein Geräusch. Noch bevor ich zu einem klaren Gedanken fähig war, sprang der Hund mit gesträubtem Fell aus dem Bett und stürzte laut kläffend die Treppe hinunter.

»Warte, Pirat! Bleib hier!«, rief ich dem Hund hinterher. Ich hörte einen lauten Knall. Ohne nachzudenken sprang ich aus dem Bett. Ich lief die Treppe hinunter und wäre beinahe über mein eigenes Nachthemd gestolpert. Unten angekommen entdeckte ich, woher das Geräusch kam. Mir wurde schlagartig eiskalt und eine Gänsehaut breitete sich auf meinen Armen aus. Die Haustür stand sperrangelweit auf, und schlug im Takt des Windes gegen die Hauswand. Zögernd ging ich auf die Tür zu. Es war niemand zu sehen. Mir war flau im Magen und ich griff nach einem schweren Kerzenständer. Ob jemand ins Haus eingedrungen war? Aber wer sollte so etwas tun? Es gab hier außer Büchern auch nichts zu holen. Meine Tante hatte nicht einmal einen Fernseher gehabt. Vielleicht war die Tür durch den heftigen Wind aufgesprungen? Aber ich hatte sie am Abend doch sorgfältig abgeschlossen. Wie konnte sie so einfach aufgehen? Vorsichtig durchquerte ich das Wohnzimmer und näherte mich der offenen Eingangstür. Sie schlug mit jedem Windstoß erneut an die Wand. Draußen hörte man das Tosen der Brandung und dazwischen Hundegebell. Pirat war anscheinend rausgelaufen. Mit zitternden Knien trat ich auf die Veranda. Kein Mensch war zu sehen. Dennoch fühlte ich mich seltsam beobachtet, so wie am Abend zuvor. Ich fühlte Angst in mir aufsteigen und wünschte, Pirat würde zurückkommen, damit ich die Haustür wieder verschließen konnte. Auch wenn eine geschlossene Tür keinen wirklichen Schutz vor einem Einbrecher bot, sollte es denn einer gewesen sein. Immerhin hätte er eines der Fenster einschlagen können.

»Pirat!«, rief ich. »Komm zurück! Komm hierher!«

Der Hund kam nicht. Ich befürchtete gerade, dass ich rausgehen und ihn suchen musste, als er von der anderen Seite des Grundstücks aus zurückgelaufen kam. Er kam zu mir und ich schimpfte leise mit ihm: »Du kannst mich doch nicht einfach allein lassen, ungezogener Junge!«

Er legte den Kopf schief. Ich verschloss die Haustür sorgfältig hinter mir und schob auch einen kleinen Riegel vor, der an der Innenseite der Tür befestig war. Außerdem stellte ich einen Stuhl vor die Tür. Das hatte ich mal in einem Krimi gesehen.

Wirklich sicher fühlte ich mich trotz dieser Maßnahmen nicht.

»Komm Pirat, wir gehen zurück ins Bett«, sagte ich und stieg die Treppe hinauf. Widerspruchslos ließ ich es zu, dass Pirat zu mir ins Bett sprang. Gedankenverloren kraulte ich seinen Kopf, während ich überlegte, ob ich die Tür vielleicht doch nicht richtig verschlossen hatte. Aber warum war Pirat dann laut bellend nach draußen gelaufen? Hatte er einen Einbrecher verjagt? Ich war jetzt wirklich froh, dass der Hund bei mir war. Trotzdem konnte ich nicht einschlafen. Ich lauschte auf jedes Geräusch. Erst als der Morgen graute, fielen mir die Augen zu. Pirat schnarchte leise. Ein Hund, der schnarchte! Mittlerweile lag er ausstreckt neben mir und bevor ich einschlief, murmelte ich in sein Fell: »Wenn du weiterhin bei mir im Bett schlafen willst, Pirat, musst du morgen ein Bad nehmen!«

Der Wecker klingelte für meinen Geschmack viel zu früh. Ich fühlte mich wie gerädert. Müde schlurfte ich in die Küche. Ich machte mir Frühstück und gab Pirat den Rest vom Beef, welches er genüsslich auffraß.

Durch das Fenster fiel Sonnenlicht. Nach der zweiten Tasse Kaffee und im Tageslicht, erschien mir die letzte Nacht weit weniger bedrohlich. Je länger ich darüber nachdachte, desto wahrscheinlicher erschien es mir, dass ich die Haustür einfach nicht richtig zugemacht hatte.

Ich ging duschen und musste mich beeilen, um rechtzeitig um zehn Uhr auf der Waldlichtung zu sein. Auf dem Weg durch den Wald dachte ich kaum noch an die letzte Nacht, sondern fragte mich, wie der Arbeitstag mit Alan wohl verlaufen würde? Aus irgendeinem Grund erfüllte mich die Vorstellung an den bevorstehenden Tag mit einem aufgeregten Kribbeln. Ich redete mir ein, dass dieses Gefühl daher rührte, dass ich an einem historischen Karussell arbeiten würde, und es nichts mit einem verdammt gutaussehenden Typen zu tun hatte.

Die Sonne stand am wolkenlosen Himmel und die Luft roch herrlich nach Kiefernnadeln. Kleiner Pirat lief neben mir den Weg entlang. Ich hatte ihm ein rotes Tuch um seinen Hals gebunden und nun sah er wirklich wie ein Pirat aus. Wenn es im Gebüsch raschelte lief er laut bellend in den Wald. Aber er kam immer kurz darauf wieder zurückgelaufen und sprang aufgeregt um meine Beine. Kurz bevor wir die

Lichtung erreichten, verschwand Pirat erneut im Unterholz. Ich kam allein auf dem Jahrmarktsplatz an und sah mich um. Es war still. Insekten summten in der warmen Luft. Ob Alan noch nicht da war? Ich umrundete eine Bude und lief auf das Karussell zu. Davor war ein provisorischer Tisch aus zwei Böcken und einer Holzplatte aufgebaut. Auf der Tischplatte lagen diverse Kabel, Sicherungen und Werkzeuge. Alan war also schon da. Dennoch konnte ich ihn nirgendwo entdecken. Ich wollte gerade nach ihm rufen, als ich ihn hinter einem roten Zirkuswagen mit der Aufschrift „Madame Floras Wahrsage-Stübchen" hervorkommen sah. Er trug einen Werkzeugkoffer in der einen und eine schwarze Jacke in der anderen Hand.

»Hallo«, rief ich ihm entgegen und lächelte.

Alan kam auf mich zu und blieb direkt vor mir stehen. Sein abschätzender Blick glitt erst über meinen Körper, bevor er mir in die Augen sah. Ein seltsames Kribbeln überkam mich. Ich fühlte mich ganz zappelig. Verunsichert verschränkte ich die Arme.

Er schien meine Nervosität zu bemerken und um seinen Mund zuckte es belustigt. Statt einer Begrüßung sagte er: »Willst du so arbeiten?«

»Wie?«, fragte ich verunsichert und blickte nun ebenfalls an mir hinunter. Ich hatte einfach meine Jeans und ein grünes Top angezogen. »Was stimmt denn damit nicht?«

»Deine Klamotten werden innerhalb kürzester Zeit voller Farbspritzer sein und die Lackfarbe bekommst du nicht mehr raus.

»Oh, natürlich.« Daran hatte ich gar nicht gedacht.

»Komm, im Zirkuswagen haben wir unser Arbeitsmaterial verstaut. Vielleicht finden wir dort noch einen alten Kittel von Megan.«

Na prima, ich hatte seinen Blick völlig falsch verstanden und kam mir gerade ziemlich dumm vor. Ich spürte, wie ich vor Scham über meine Fehlinterpretation rot wurde.

Alan wollte gerade zum Wagen vorangehen, als es passierte. Mit wildem Gebell stürzte sich Pirat auf Alan. Er verbiss sich in die schwarze Jacke, die Alan immer noch in der Hand hielt. Der Hund knurrte wie verrückt und ließ nicht los.

»Aus Pirat! Lass ihn los!«, rief ich und versuchte den Hund von Alan zu trennen. Doch Pirat knurrte nur noch wilder.

»Meine Güte, gehört dieser verrückte Köter dir?«, rief Alan. »Ist der tollwütig?«

»Er scheint etwas gegen die Jacke zu haben. Am besten, du lässt sie los«, sagte ich.

Alan ließ die Jacke fallen und Pirat biss und zerrte weiter knurrend an der Jacke rum, die nun am Boden lag.

»Pirat ist eigentlich ein ganz lieber Hund.« Hilflos zuckte ich mit den Schultern.

»Ja, das sehe ich!« Alan blickte finster auf seine Jacke, aus der Pirat gerade ein Stück Stoff riss. »Vermutlich will er nur spielen.«

»Also ich kann mir sein Verhalten wirklich nicht erklären«, sagte ich entschuldigend.

»Ist wohl besser, wenn du deinen Schmusehund an die Leine legst, bevor er uns noch auffrisst.« Alan verschränkte die Arme.

»Ich ..., ich habe gar keine Leine für ihn«, gestand ich.

»Du läufst ohne Leine mit dem Vieh rum?« Alan zog die Augenbrauen hoch und deutete auf den Hund der immer noch mit der Jacke kämpfte.

»Kleiner Pirat ist kein Vieh!«, fuhr ich Alan an. »Aber das mit deiner Jacke tut mir leid. Ich bezahle sie dir«, fügte ich schuldbewusst hinzu.

Er winkte ab. »Schon okay. War eh nur die Jacke von meinem Vater. Aber trotzdem solltest du deinen Piraten anbinden, solange wir hier arbeiten. Vielleicht finden wir im Wagen einen Strick.«

Der Zirkuswagen war mit einem neuen Vorhängeschloss gesichert. Alan bog eine lose Zierleiste am Wagen zur Seite und zog den Schlüssel hervor. Wir traten in den dunklen Wagen. »Dort hinten stehen die Eimer mit den Farben. Daneben findest du verschiedene Pinsel und Abdeckfolie. Ich gucke mal, ob ich hier einen Kittel für dich finde.«

Auf dem Tisch befanden sich leider nur alte Lumpen und Putzlappen. Kurzerhand zog sich Alan sein schwarzes T-Shirt über den Kopf. »Hier nimm meins. Es ist mein Arbeits-T-Shirt und es ist egal, wenn da Farbflecken draufkommen. So ist deine Kleidung zumindest etwas geschützt.«

»Und was ziehst du an?«, fragte ich, während ich versuchte nicht zu sehr auf seinen leicht gebräunten Oberkörper zu starren.

Alan grinste: »Es ist ziemlich warm draußen. Ich kann auch so arbeiten.«

Aber ich nicht!, dachte ich mir. Wie soll ich mich da aufs Malen konzentrieren? Doch ich nickte nur und zog sein Shirt an. Ich versank fast in dem schwarzen T-Shirt. Es roch angenehm, leicht nach Waschmittel.

Alan trug unsere Arbeitsutensilien zum Karussell. In einem Regal fand ich ein dünnes Seil. Ich befestigte das eine Ende am Rad des Zirkuswagens und das andere Ende am Halstuch von Pirat. Er fand es zunächst gar nicht lustig, angebunden zu sein. Alan überließ ihm die Jacke und als Pirat sich sicher war, dass er die Jacke auch wirklich erlegt hatte, legte er sich ruhig daneben in den Schatten des Zirkuswagens. Ich stellte Pirat noch eine Schüssel mit Wasser hin, bevor ich mich an die Arbeit machte. Alan schleppte Werkzeug und ich Farbeimer zum Karussell. Aufmerksam beobachtete Pirat unser Treiben. Wann immer Alan am Zirkuswagen in Richtung seines Pick-ups ging, um etwas zu holen, hob der Hund seinen Kopf und verfolgte jeden von Alans Schritten.

Was hat Pirat nur gegen ihn?, fragte ich mich. Ich musste kurz an die letzte Nacht denken. Ob Alan ins Haus eingedrungen war? Aber warum sollte er so etwas tun? Dennoch bereitete mir der Gedanke Unbehagen.

Ich hatte die Abdeckfolie auf dem Boden ausgebreitet und die Farbtöpfe daraufgestellt. Ein Glas mit mehreren Pinseln stand neben mir. Während ich vor der Meerjungfrau kniete und mit einem kleinen Pinsel in mühevoller Kleinarbeit die einzelnen Schuppen ihres Fischschwanzes bemalte, hörte ich Alan fluchen. Er versuchte seit geraumer Zeit den Motor des Karussells zum Laufen zu kriegen. Doch so wie es sich anhörte, hatte er keinen Erfolg.

Ich hätte mich gerne mit Alan unterhalten und versucht nebenbei herauszufinden, was er letzte Nacht gemacht hatte. Aber wie sollte ich das anstellen? Ich konnte ihn schließlich schlecht fragen, ob er letzte Nacht in das Haus meiner Tante eingebrochen war. Ich seufzte und widmete mich intensiv den blaugrünen Schuppen. Irgendwann hatte ich den gesamten Fischkörper der Meerjungfrau fertig. Ich richtete mich etwas steif auf. Meine Beine waren eingeschlafen und kribbelten unangenehm. Ich streckte mich und ging um das Karussell herum auf die andere Seite der Mittelsäule, auf der Alan mit dem halben Oberkörper in der Öffnung für die Elektronik verschwunden war. Er sah mich nicht kommen. Ich blieb neben ihm stehen. »Ich bin jetzt mit der Meerjungfrau fast fertig. Nur noch ihr Kopf fehlt«, sagte ich. Es rumpelte. »Au, verdammt«, entfuhr es Alan. Er tauchte aus der Öffnung auf und rieb sich den Kopf. »Himmel, schleichst du dich immer so an?«, grummelte er.

»Entschuldigung«, murmelte ich. »Das war nicht meine Absicht.«

»Schon gut«, lächelte er jetzt. »Du hast also die Meerjungfrau fast fertig?«

Ich nickte. »Willst du sie dir ansehen? Ich glaube, es ist ziemlich gut geworden. Ich habe die ganzen Schuppen in Grün- und Türkistönen schattiert.«

»Später, ich muss hier erst vorankommen. Ich verstehe nicht, warum der Motor nicht läuft. Die kaputten Teile habe ich erneuert und teilweise die Kabel ausgetauscht. Die Kontakte habe ich auch gecheckt. Ich finde den Fehler einfach nicht.«

»Soll ich dir mal die Lampe halten?«, fragte ich.

»Okay!« Er reichte mir seine Taschenlampe. »Leuchte mal da runter.«

Ich schaltete die Lampe an und Alan beugte sich mit dem Phasenprüfer in der Hand hinunter. »Mehr rechts«, wies er mich an. »Ah, dort ist ein Kabel lose.«

Ich musste näher an ihn herantreten, um die Ecke auszuleuchten. Nun stand ich so nah bei ihm, dass ich den Duft seiner Haut riechen konnte. Er roch nach Duschgel. Es fiel mir schwer, mich auf das Halten der Taschenlampe zu konzentrieren. Ich rückte noch ein Stückchen näher. Wenn Lara mich hätte sehen können, sie wäre vor Lachen umgefallen. Ich hatte früher bei unseren Mitschülern immer schnell Reißaus genommen, wenn die mir zu nahe kamen oder mich zu einem Date einladen wollten. Und nun sorgte die Nähe zu Alan, den ich gerade mal einen Tag kannte, für eine ungewöhnliche Aktivität in meiner Magengegend. Mir kam es vor, als wären alle Hummeln, Schmetterlinge und sonstige Flatterviecher dieser Lichtung plötzlich in meinem Bauch und feierten dort eine wilde Party. Ich war ganz in meine Gedanken versunken, als ich plötzlich eine Berührung verspürte. Alan hatte seine Hand auf meine gelegt und drückte sie leicht runter. Ich sah ihn überrascht an.

»Da unten muss ich etwas sehen. Du leuchtest mir die ganze Zeit ins Gesicht«, sagte er.

»Biene!«, entfuhr es mir, noch ganz in Gedanken über die Insektenparty in meinem Bauch.

Alan zog fragend seine Augenbraue hoch.

»Ich dachte, da wäre eine Biene an deinem Gesicht. Ich, äh, wollte sie vertreiben. Aber ich habe mich wohl getäuscht.«

»Aha«, grinste Alan wissend. »Dann kannst du ja jetzt wieder auf die Kabelverbindung leuchten.«

Mein Gott, war das peinlich! Ich wollte mir am liebsten auf der Stelle ein Loch graben. Er musste mich ja für völlig verblödet halten.

Kurz darauf richtete sich Alan auf. »So, die Verbindung ist wieder fixiert. Lass uns hoffen, dass das Problem damit behoben ist.« Er legte den Hauptschalter um und mit einem Ruck setzte sich das Karussell in Bewegung. Das geschah so plötzlich, dass ich gegen seine Brust stolperte. Alan fing mich instinktiv auf. Ich stand nun an ihn gelehnt und er hatte den Arm um mich gelegt. »Es fährt«, sagte ich überflüssiger Weise.

Er lächelte stolz und nickte.

Wir fuhren zwei Runden und die ganze Zeit hielt er mich im Arm, dicht an sich gedrückt. Das Karussell drehte sich nicht besonders schnell, aber ich hatte das Gefühl, auf einer wilden Achterbahnfahrt zu sein. Dann stoppte er die Fahrt. Ich löste mich nur widerwillig aus seinem Arm.

Etwas unschlüssig stand ich neben ihm. Alan tat so, als wäre nichts Besonderes geschehen.

»Großartig!« Er rieb sich die Hände. »Ich muss noch die Geschwindigkeit einstellen. Jedenfalls läuft es. Willst du mir jetzt die Meerjungfrau zeigen?«

Ich nickte und ging voran. Vor der Figur blieb ich stehen und warte gespannt auf seine Meinung. Er kniete sich hin und begutachtete meine Arbeit genau. »Nicht schlecht«, kommentierte er mein Werk. »Aber man könnte es noch verbessern.«

»Und wie?«, fragte ich. Ich war enttäuscht, dass er mein künstlerisches Talent nicht würdigte. Außerdem war es immerhin nun mein Karussell und mir gefiel die Nixe so wie sie war.

»Megan hat noch eine Dose Klarlack mit Glitzereffekt im Wagen stehen. Wenn du einige der Schuppen nach dem Trocken der Farbe damit übermalst, glänzen die Schuppen im Licht feucht, als ob die Meerjungfrau gerade aus dem Wasser gekommen wäre.«

Da musste ich ihm recht geben, solch ein Lack würde dem Fischschwanz den letzten Schliff verleihen. Ich ging direkt zum Zirkuswagen, um mir den Klarlack zu holen. Kleiner Pirat schlief im Schatten des Wagens. Ich ging kurz zu ihm und kraulte ihn hinter dem Ohr. Dann ging ich in den Wagen und suchte nach der richtigen Farbdose. In dem Zirkuswagen herrschte ein heilloses Durcheinander und so dauerte es eine Weile, bis ich den Klarlack entdeckte. Dabei fiel mir ein grauer Leinensack in die Hände. Er war gefüllt mit wunderschönen Glas- und Dekosteinen. Einige davon funkelten sogar im Dämmerlicht des Zirkuswagens. Ich beschloss ein paar davon auf die Schwanzflosse der Meerjungfrau zu kleben. Beschwingt ging ich zurück und setzte meine Arbeit fort.

Später kam Alan zu mir und bewunderte meine Arbeit. »Sieht jetzt richtig klasse aus!«

»Ja.« Ich war stolz auf mein Werk. »Jetzt muss ich nur noch den Kopf und den Oberkörper bemalen.«

Alan sah sich die Meerjungfrau genau an. »Die schwarze Farbe vom Haar ist schon ziemlich abgeblättert. Wie wäre es, wenn du den Rest abschmirgelst und eine andere, leuchtende Farbe für die Haare nimmst? Das wäre zwar deutlich mehr Arbeitsaufwand, aber es würde bestimmt toll aussehen.«

»Hm, meinst du? Und welche Farbe soll ich nehmen?«, fragte ich.

Er trat nun an mich heran und nahm eine Locke meines Haares in die Hand. »Wie wäre es, wenn du ihr solch eine dunkelrote Pracht malst, wie deine eigenen Haare?«

»Wirklich?«, mir versagte fast die Stimme.

Er spielte weiter mit meiner Haarlocke. »Ja, wenn ich mir eine Nixe vorstelle, dann hat sie exakt deine Haare.«

Er beugte sich vor. Oh mein Gott, will er mich etwa küssen?, schoss es mir durch den Kopf. Doch dann hielt er plötzlich inne und fragte: »Wie wäre es mit einer Pause? Ich habe Getränke und Sandwiches im Pick-up.«

Ich war etwas enttäuscht, dennoch nickte ich. Bei all der Arbeit hatte ich gar nicht ans Essen gedacht und merkte jetzt, wie mein Magen knurrte. Alan holte alles aus dem Auto und wir setzten uns auf die Lederbank in der Muschelkutsche und picknickten.

»Hm«, seufzte ich entzückt. »Die Truthahn-Sandwiches sind super lecker.«

»Das freut mich. Die habe ich selbst gemacht.« Alan grinste mich an.

»Tatsächlich? Ich hätte jetzt getippt, dass die deine Mutter belegt hat.«, neckte ich ihn.

Sein Blick wurde ernst. »Nein, ich erledige einen Großteil des Haushalts für meinen Dad und mich, seit meine Mutter uns verlassen hat.«

»Oh, entschuldige, das wusste ich nicht.« Da war ich wohl in ein Fettnäpfchen getreten.

»Schon okay.« Alan winkte ab. »Das konntest du ja nicht wissen. Keine große Sache. Sie ist schon vor vielen Jahren abgehauen.«

»Es tut mir trotzdem leid. Ich weiß, wie es ist, jemanden zu verlieren«, sagte ich leise. »Meine Tante war der wichtigste Mensch in meinem Leben. Ich habe zwar noch meine Mum und meinen Dad und die beiden sind eigentlich auch ein glückliches Paar, denke ich, aber sie sind ständig unterwegs. Sie sind Archäologen, weißt du. Na ja und ich war deshalb eigentlich schon immer allein. Ich hatte zwar Kindermädchen ...«

»Du hattest Kindermädchen?«, unterbrach er mich ungläubig. Alan verschluckte sich fast an seinem Sandwich. Er fand die Vorstellung vermutlich komisch.

»Ja, aber toll war das nicht. Einige kümmerten sich nicht gerade aufopfernd um mich. Als ich fünf Jahre alt war, hatten wir ein Au-pair-Mädchen aus Frankreich. Sie hieß Marie und sie saß die ganze Zeit vor dem Fernseher und lackierte sich die Fingernägel, anstatt mit mir zu spielen oder etwas zu kochen. Ich hab damals versucht mir selber etwas zu brutzeln. Nachdem ich die halbe Küche abgefackelt hatte, musste Marie gehen und ein neues Kindermädchen kam. Außerdem stellte meine Mum unsere Haushälterin, Mrs Laurence, ein. Ich kann immer noch nicht kochen, aber dank Mrs Laurence war das auch nicht mehr nötig.« Ich blickte auf das leckere Sandwich in meiner Hand. »Trotzdem fühlte ich mich immer allein, bis meine Tante bei uns einzog.«

Alan nickte verständnisvoll und ich bekam plötzlich ein schlechtes Gewissen. Er hatte von seiner Mutter erzählt und ich jammerte ihn nun mit meiner Kindheit voll. »Aber natürlich wäre es viel schlimmer gewesen, wenn einen die Mutter verlässt. Ich kann mir das nicht vorstellen. Auch wenn meine Eltern oft auf Reisen sind, weiß ich doch immer, dass sie für mich sorgen. Das ist etwas anderes«, beeilte ich mich zu sagen.

Alan zuckte die Schultern. »Na ja, ich kann mich kaum noch an meine Mutter erinnern und mein Dad und ich kommen ganz gut allein zurecht. Aber ich suche gerade einen Job und plane auszuziehen. Spätestens nächstes Jahr. Ich will endlich mein eigenes Leben führen.«

»Und was willst du machen?«, fragte ich ihn neugierig.

»Ich träume davon, Bootsbauer zu werden. Irgendwann möchte ich meine eigene Firma gründen. Als ich noch klein war, hat mein Dad öfter mal alte Fischerboote aufgemöbelt. Er hat mir alles beigebracht. Die Arbeit am Karussell ist auch eine gute Übung für mich.«

»Das ist doch ein prima Plan. Hast du schon einen Job in Aussicht?« Noch jemand der im Gegensatz zu mir wusste, was er mit seinem Leben anfangen wollte.

Alan blickte einen Moment in die Ferne. »Nichts Definitives. Es ist nicht leicht hier in der Gegend und vor allem für mich.« Ich wartete darauf, dass Alan fortfuhr, aber er schwieg. Anscheinend wollte er mir nicht verraten, was sein Problem war.

Gerne hätte ich ihn danach gefragt, aber ich traute mich nicht und so sagte keiner von uns etwas.

»Allerdings habe ich vielleicht eine Chance auf einen Job in einer kleinen Werft für Sportboote in Eastport. Das wäre schon mal ein Anfang.«

»Das ist doch toll!« Ich freute mich ehrlich für ihn.

»Ja, aber ich muss mich morgen vorstellen. Deshalb könnte ich erst gegen Mittag hier sein und weiterarbeiten. Das ist doch kein Problem, oder?« Er sah mich fragend an.

»Du fährst morgen früh nach Eastport? Kannst du mich vielleicht mitnehmen? Ich müsste dort dringend zur Bank.«

Alan zögerte einen Moment, dann sagte er: »Okay, aber dein Köter bleibt zu Hause.«

»Wieso kann Pirat nicht mitkommen?«, fragte ich.

»Erstens möchte ich vermeiden, dass mich dein durchgeknallter Hund plötzlich während der Fahrt anfällt, und ich kann mir nicht denken, dass du möchtest, dass er auf der Ladefläche mitfährt ...«

»Pirat ist nicht durchgeknallt«, empörte ich mich. »Du siehst doch wie friedlich und brav er da im Schatten liegt.«

»Zweitens«, fuhr Alan unbeirrt fort, während er anfing die Reste unseres Picknicks zusammenzupacken, »willst du den Hund doch wohl nicht zu deinem Besuch in der Bank mitnehmen und dazu noch ohne Leine.«

Ich überlegte kurz und kam zu dem Schluss, dass Alan recht hatte. Schließlich konnte ich nicht vorhersagen, ob mein kleiner Pirat nicht noch mal auf jemanden losgehen würde. Das könnte mir ziemlichen Ärger einbringen.

»Vermutlich ist es wirklich besser wenn er zu Hause bleibt«, gab ich Alan recht. »Treffen wir uns in Port Pine?«

»Nein, ich hole Dich morgen früh ab. Das geht schneller«, antwortete Alan.

Wir arbeiteten noch einige Zeit weiter und zum Schluss ließ Alan das Karussell noch einmal laufen. Diesmal standen wir davor und schauten zu. Kleiner Pirat saß neben uns, und versuchte nicht mehr Alan zu beißen. Vermutlich hatte er sich an ihn gewöhnt, oder es lag daran, dass Alan ihm die Truthahnstücke von den übrigen Sandwiches gegeben hatte. Er hatte es heimlich gemacht, aber ich hatte es dennoch gesehen. Er gab es nicht zu, dennoch ich war mir sicher, Alan mochte Pirat, obwohl dieser seine Jacke zerrissen hatte.

Als Pirat und ich wieder zu Hause waren, beschloss ich, dass es Zeit war, ein Bad zu nehmen. Eigentlich sollte der Hund ja endlich mal gewaschen werden, aber er fand die Idee nicht ganz so toll. Zwischen uns entwickelte sich ein wilder Kampf, während ich versuchte den knurrenden Hund in das warme Wasser zu stecken. Nachdem er mehrfach aus der Wanne gesprungen war und ich ihn durch das halbe Haus verfolgt hatte, schnappte ich ihn mir und stieg mit ihm auf dem Arm in die Wanne. Er strampelte und schnappte nach dem Waschlappen, aber er entkam mir nicht. Jaulend ergab sich mein kleiner Pirat in sein Schicksal. Das Abtrocknen war dann wieder ein Heidenspaß. Wir spielten mit dem Handtuch und rannten wild durch das Haus. Völlig erschöpft lagen wir beide abends im Bett. Ich las in Tante Megans Buch über Restauration und Pirat schnarchte leise neben mir. Im Schlaf bewegte er die Pfoten. Vermutlich jagte er im Traum einen Hasen. Irgendwann konnte ich die Augen nicht mehr offenhalten und schaltete das Licht aus. Ich stand noch ein letztes Mal auf, um das Fenster ein wenig zu öffnen und die Vorhänge zuzuziehen. Als ich am Fenster stand, sah ich wieder Licht im Kiefernwald. Diesmal wusste ich genau woher es kam: Es konnte nur das Karussell sein, das dort in der Nacht so stark leuchtete. Ob Alan noch mal dorthin gefahren war? Aber warum sollte er das tun, so spät am Abend? Es war bereits nach 23 Uhr. Ein komisches Gefühl beschlich mich, aber ich musste wissen, warum das Licht des Karussells angeschaltet war. Ich überlegte kurz, was ich tun sollte. Die Polizei konnte ich nicht rufen, da ich immer noch keine Telefonleitung hatte. Aber wenn es nur Alan war, würde ich mich auch total lächerlich machen. Vermutlich war es unklug, um diese Zeit allein durch den Wald zu laufen, trotzdem wollte ich erkunden, was sich dort abspielte. Rasch zog ich meine Jeans an und streifte mir einen Pullover über. Pirat erwachte und hob aufmerksam den Kopf. Ich ging nach unten und er folgte mir. Bevor wir das Haus verließen, steckte ich noch eine Taschenlampe ein.

Ich war ehrlich gesagt sehr froh, den Hund an meiner Seite zu haben, als ich auf dem Waldweg einbog, der zum Jahrmarktsplatz führte. Nun wurde ich doch ängstlich, aber umkehren wollte ich nicht. Feuchte Nebelschwaden stiegen vom Wasser auf und waberten zwischen den Bäumen. Unwillkürlich musste ich an die Legende von den verlorenen Seelen denken, die sich noch immer auf ihrer Suche nach der verfluchten Galionsfigur befanden. Mich fröstelte und ich ging schneller. Das ist purer Unsinn, versuchte ich mich in Gedanken zu beruhigen. Wahrscheinlich hat Alan beim Karussell etwas vergessen und ist noch mal zurückgefahren. »Jedenfalls laufen hier im Wald keine Geister von Ertrunkenen rum«, flüsterte ich mir selber zu. Doch ruhiger wurde ich davon nicht. Der Lichtkegel meiner Taschenlampe beleuchtete den Weg und die umliegenden Baumstämme nur spärlich. Ich war froh, dass Pirat dicht bei mir blieb und nicht im Unterholz verschwand, wo es ständig knackte und raschelte. Der Hund schien meine Anspannung zu spüren. Kurz bevor wir die Lichtung erreichten, flackerte die Taschenlampe. Die Batterien gaben ihren Geist völlig auf, als ich auf die Lichtung trat. Na toll, immer im passenden Moment!, fluchte ich in Gedanken. Die Lichtung lag völlig verlassen da. Nur das Karussell war komplett beleuchtet. Keine Menschenseele war zu sehen. Vorsichtig näherte ich mich dem Karussell. Als ich fast dort war, glaubte ich einen Schatten beim schwarzen Seepferd zu sehen.

»Hallo«, rief ich. »Ist da wer?« Noch während mein Ruf auf der Lichtung verhallte, dachte ich daran, wie dumm ich es immer fand, wenn Leute in ähnlichen Filmszenen so etwas riefen. Man sitzt im Kinosessel, krallt sich in die Armlehne und denkt sich, wie blöd ist das denn? Jetzt weiß der Killer doch Bescheid, dass du da bist!

Und nun war ich so blöd gewesen zu rufen, und diese beunruhigenden Gedanken ließen mein Herz bis zum Hals klopfen. Und wenn es nun doch eine der verfluchten Seelen aus dem Meer war? Die würden mir ebenso wenig antworten, vermutete ich.

»Alan, bist du das?«, meine Stimme zitterte leicht und ich hoffte, gleich Alan um die Ecke kommen zu sehen. Doch er kam nicht. Nichts rührte sich. Es blieb still. Ich stieg auf das Karussell und umrundete es langsam. Pirat fing plötzlich laut an zu knurren und lief voraus. »Pirat!«, rief ich. »Bleib hier!« Doch der Hund hörte nicht. In dem Moment wurde es dunkel. Jemand hatte das Licht ausgeschaltet. Dann hörte ich Pirat aufheulen. Ich tastete mich blind voran und entdeckte zwischen den Reittieren am Boden den Hund liegen.

»Pirat!« Ich kniete mich hin. Er rührte sich nicht. Sein Kopf klebte. Er schien zu bluten. Ich wurde wütend. In diesem Moment traf mich ein Schlag auf den Hinterkopf und alles um mich herum wurde noch eine Spur schwärzer.

Kapitel 5

Alte Rivalen

In der Ferne hörte ich meinen Namen. Etwas Feuchtes fuhr über mein Gesicht. Mühsam öffnete ich die Augen. Es war hell und mein Schädel brummte. »Was ist passiert?«, stammelte ich noch ganz verwirrt.

»Das würde ich auch gerne wissen!«, sagte die Stimme, die mich gerufen hatte.

Vor mir hockte Pirat und leckte mich leidenschaftlich ab. Ich setzte mich auf und drehte meinen Kopf. Ein Stückchen weiter stand Alan an einen Delfin gelehnt. Er hatte die Arme verschränkt und sah ziemlich sauer aus. »Was machst du hier? Ich suche dich schon überall, nachdem ich dich beim Haus nicht angetroffen habe.«

Ich versuchte aufzustehen, aber mir wurde augenblicklich übel und ich setzte mich wieder. Langsam kam die Erinnerung zurück.

»Ich ... man hat mich niedergeschlagen«, erklärte ich ihm.

Alan zog eine Augenbraue hoch. »Niedergeschlagen? Wann?«

»Gestern Nacht.«

»Was, um Himmels willen, treibst du mitten in der Nacht hier?«, fragte er mich.

»Ich habe ein Leuchten aus dem Kiefernwald gesehen. Das konnte nur das Licht vom Karussell sein und deshalb bin ich hergekommen, um nachzusehen.«

»Du bist einfach mal in der stockdunklen Nacht durch den Wald gestiefelt, nur um zu gucken, ob das Licht vom Karussell brennt?« Alan blickte mich fassungslos an.

»Nicht nur ob das Licht brennt. Ich dachte, vielleicht bist du ja dort. Und als ich dann hierher kam hat jemand das Licht ausgeschaltet und mich von hinten angegriffen.«

Alan schüttelte unwillig den Kopf. »Ach, Unsinn. Vermutlich bist du im Dunkeln einfach irgendwo mit dem Kopf angestoßen. Wenn du gedacht hast, ich wäre hier gewesen – was ja völlig unlogisch ist, mitten in der Nacht – hättest du mich doch heute fragen können, anstatt eine solche Extratour zu unternehmen.«

Ich wurde wütend, weil er mir nicht glaubte. »Natürlich hat mich jemand niedergeschlagen!«, fuhr ich ihn an. Ein Schmerz durchzuckte meinen Kopf und ich senkte meine Stimme wieder. »Wie hast du mich eigentlich gefunden? Und wieso stehst du einfach da so rum und lässt mich hier liegen?«

»Weil dein Hund sich wie eine wilde Bestie gebärdet hat und mich nicht näher an dich herankommen ließ. Einen tollen Beschützer hast du da! Wenn dich wirklich jemand niedergeschlagen hat, hätte sich dein Pirat gestern mal so aufführen sollen.«

»Hat er ja. Deshalb hat der Täter ihn ebenfalls außer Gefecht gesetzt. Sieh mal, da klebt sogar noch Blut in seinem Fell. Wir müssen Pirat unbedingt zu einem Tierarzt bringen!«, rief ich aufgebracht.

Alan kam ein Stück näher und Pirat fing sofort wieder an zu knurren. Ich beruhigte ihn, indem ich ihn streichelte.

»Mir scheint, es geht ihm ganz gut. Ich würde viel lieber dich zu einem Arzt nach Eastport bringen, Caitlin.« Alans Stimme wurde sanft.

»Nein, das brauchst du nicht. Bring mich einfach nur nach Hause.«

Seine intensiven blauen Augen ruhten besorgt auf mir. »Bist du sicher?«

Ich nickte und versuchte erneut aufzustehen. Ich taumelte leicht. Sofort war Alan bei mir und nahm mich in den Arm. Er hielt mich fest. Diesmal knurrte Pirat nicht. Vermutlich merkte er, dass Alan mir nur helfen wollte.

»Komm, leg den Arm um mich. Ich stütze dich. Meinst du, du schaffst es bis zum Wagen?«

»Sicher. Mir ist nur ein bisschen schwindelig, weiter nichts«, antwortete ich.

»Du hast vermutlich eine Gehirnerschütterung. Soll ich dich vorsichtshalber nicht doch nach Eastport zum Arzt bringen?«

»Nein«, erwiderte ich. Dann fiel mir etwas ein. »Dein Vorstellungsgespräch! Wie spät ist es? Schaffst du es noch?«

Doch Alan winkte ab. »Das hat sich erledigt. Aber es ist nicht so schlimm. Deine Gesundheit hat Vorrang. Komm jetzt.«

Er zog mich enger an sich und wir gingen langsam auf seinen roten Pick-up zu.

Unter anderen Umständen hätte ich es genossen. Jetzt brauchte ich all meine Konzentration, um nicht über meine eigenen Füße zu fallen.

Pirat drängte sich beim Laufen dicht an meine Beine. Es war schön, gleich zwei Männer um mich zu haben, die sich anscheinend Sorgen um mich machten.

Bei Megans Haus angekommen, bestand Alan darauf, dass ich mich hinlegte. Ich lag auf dem Sofa mit mehreren Kissen unter meinem Kopf. Alan ging in die Küche und kochte mir einen Tee. Dabei fiel mir auf, dass er sich anscheinend gut auskannte. Ob er öfter bei meiner Tante zu Besuch war? Oder war er tatsächlich der unbekannte nächtliche Besucher gewesen? Sofort war da wieder dieses Misstrauen. Ich hatte jedoch keine Zeit meine Gedanken zu vertiefen, denn er kam mit einem dampfenden Becher Kräutertee zu mir. »Hier.« Er reichte mir den Becher. »Ich habe noch Kopfschmerztabletten gefunden. Davon solltest du eine nehmen.«

»Danke!« Ich lächelte ihn an. Dann trank ich den heißen Tee in kleinen Schlucken. Es tat sehr gut. Alan saß bei mir und sagte nichts. Ich schloss kurz die Augen.

Irgendwie musste ich eingeschlafen sein, denn als ich die Augen erneut aufschlug, war ich zugedeckt und Pirat lag an meiner Seite. Alan saß gegenüber im Sessel und las in einem von Tantchens Büchern. Ich richtete mich vorsichtig auf. »Wie lange habe ich geschlafen?«, fragte ich ihn.

Er blickte von dem Buch auf. »Fast zwei Stunden. Wie geht es dir?«

»Deutlich besser, danke.« Ich setzte mich hin.

»Möchtest du noch einen Tee?«

»Nein, danke.«

Alan stand auf. »Okay, wenn du sonst nichts mehr brauchst, würde ich jetzt gehen.«

Ich war enttäuscht. »Warum?«

»Ich habe zwar das Vorstellungsgespräch heute früh verpasst, aber ich muss trotzdem nach Eastport fahren. Ich habe dort noch einige Dinge zu regeln.«

»Oh, kann ich mitkommen?« Ich stand langsam auf. Ich fühlte mich nur noch leicht wackelig, aber es ging mir schon viel besser.

»Möchtest du doch zum Arzt?«

»Nein, aber du wolltest mich zur Bank mitnehmen«, erinnerte ich ihn.

Alan war wenig begeistert davon, dass ich ihn begleitete. Doch meine Überredungskünste waren erfolgreich gewesen. Pirat hatten wir zu Hause gelassen und jetzt fuhren wir die Landstraße Richtung Eastport entlang. Dichter Wald säumte die Straße. Ein Stückchen weiter kamen wir an einem offenen Feld vorbei auf dem eine große hässliche Halle stand. Mitten im Niemandsland mit einem großen Parkplatz und einer Bushaltestelle davor.

»Was ist denn das für ein Gebäude?«, wollte ich wissen.

»Boogie's Bubble Paradise«, klärte mich Alan auf, ohne zur Seite zu blicken. »Ein albernes Spiele-Paradies für Kinder mit Fast-Food-Läden und der größten Wasserrutsche in Maine. Was allerdings nicht weiter schwer ist. So viele Wasserrutschen gibt es in Maine nämlich nicht.« Alan grinste.

»Von außen ist es jedenfalls wenig ansprechend«, meinte ich.

»Aber sehr beliebt bei Familien. Am Wochenende ist hier oft der Teufel los«, erklärte er mir.

»Warst du auch mal dort?«

Er lachte. »Ja, als ich ungefähr acht Jahre alt war. Da war meine Mum noch bei uns.« Der letzte Satz hatte bitter geklungen.

»Aha«, sagte ich nur und schwieg dann, weil ich nicht wusste, wie ich ihn trösten konnte.

Ich betrachtete ihn unauffällig von der Seite. Er sah wirklich verdammt gut aus, auch wenn er gerade ziemlich düster dreinblickte. Eine dunkle Haarsträhne fiel ihm über das Auge. Gerne hätte ich sie ihm aus dem Gesicht gestrichen. Caitlin Macrae!, ermahnte ich mich in Gedanken. Du wirst dich doch nicht verlieben! Nicht hier. Das gibt doch nur Komplikationen, wenn du zurückfliegst. Aber wollte ich eigentlich zurückfliegen?

Wir bogen auf die Küstenstraße 190 ein, die uns über eine schmale Landzunge weiter Richtung Eastport führte. Ich schaute gedankenverloren auf die See, die im klaren Sonnenschein glitzerte.

In Eastport war die Hölle los. Es war der Höhepunkt des Piratenfestivals mit einem Umzug. Lauter als Piraten verkleidete Leute marschierten die Hauptstraße entlang. Überall standen Touristen und schossen Fotos. Alan musste über Umwege und Seitenstraßen zur

Bank fahren. Er hielt mit dem Wagen direkt vor dem Gebäude. »Ich hole dich hier in etwa 45 Minuten wieder ab, wenn dir das recht ist.«

Ich nickte nur und stieg aus.

Dann brauste er davon. Ich sah dem Wagen noch eine Weile nach, dann drehte ich mich um und betrat mit gemischten Gefühlen die Bank.

Kurze Zeit später saß ich bereits in einem kleinen Raum im Keller der Bank vor einem Stahlkästchen. Der Bankangestellte im dunklen Anzug hatte mich allein gelassen, damit ich in Ruhe den Inhalt sichten konnte. Ich hatte mir den Papierkram aufwendiger vorgestellt, aber mit dem Testament, dem Schlüssel und meinem Ausweis konnte ich mich ausreichend legitimieren. Tante Megan hatte außerdem eine Vollmacht für mich bei der Bank hinterlegt. So folgte ich dem freundlichen Bankmitarbeiter wenig später in den Keller zu den Schließfächern.

Nun starrte ich schon seit fünf Minuten auf den kleinen Metallkasten vor mir. Er war geöffnet, aber ich konnte mich aus irgendeinem Grund nicht überwinden, den Inhalt herauszuholen. Am Tag zuvor, als ich mit Alan am Karussell gearbeitet hatte, konnte ich den Tod meiner Tante erfolgreich verdrängen. Jetzt war mir die Situation wieder bewusst. Ich griff in den Kasten. Drinnen befanden sich mehrere Papiere, zum Beispiel die Kaufurkunde für das Haus und das Grundstück einschließlich des Jahrmarkts, außerdem ein Bündel Dollarscheine. Meine Tante hatte anscheinend doch etwas mehr Geld gespart. Da es hier im Schließfach lag, nahm ich an, es sollte für die Restaurierung des Karussells sein. Es widerstrebe mir, aber ich zählte das Geld nach. Meine Tante hatte eine ordentliche Menge Geld angespart, ob es jedoch reichen würde, das Karussell und den Jahrmarkt komplett zu restaurieren, musste sich noch zeigen. Wenn wir weiter sparsam arbeiteten, bestand zumindest die Chance. In diesem Moment entschloss ich mich aus vollem Herzen, ihr Projekt fortzuführen, und das Geld dafür zu verwenden. Das war alles, was ich jetzt noch für meine Tante tun konnte. Wenn wir es schafften und das Karussell erst mal lief, wollte ich – vielleicht mit Alans Hilfe – einen neuen, verantwortungsvollen Besitzer für das Karussell finden. Dann konnte ich immer noch zurück nach London fliegen. Während ich erste Zukunftspläne schmiedete, entdeckte ich am Boden des Kästchens den größten Schatz. Es war ein dickes Notizbuch mit Muschelaufdruck. Ich zog das Buch heraus und schlug es neugierig auf. Sofort erkannte ich, dass es sich um ein Tagebuch meiner Tante handelte.

Mein Herz machte einen freudigen Hüpfer. Persönliche Notizen von meiner Tante! Ich begann darin herumzublättern. Tantchen berichtete auf den ersten Seiten von ihrer Arbeit am Karussell und dem Ärger mit dem Bürgermeister wegen des Projektes. Interessiert las ich weiter. Vielleicht würde ich sogar einen Hinweis darauf entdecken, wer für Tante Megans Tod verantwortlich war. Denn nach allem, was mir in der letzten Nacht passiert war, glaubte ich noch weniger an einen Unfall. Diese Erkenntnis ließ mich frösteln. Ich hörte Schritte hinter mir und fuhr herum. Der

Bankangestellte fragte freundlich: »Kommen Sie klar, Miss? Brauchen Sie noch einen Moment?«

»Danke, bitte geben Sie mir noch eine Minute«, antwortete ich. Er nickte und zog sich zurück.

Ich blickte auf meine Armbanduhr. Oje, schon so spät! Die Zeit war wie im Flug vergangen. Ich musste hoch. Alan wartete bestimmt schon auf mich.

Schweren Herzens nahm ich 200 Dollar aus dem Kästchen für die notwendigsten Einkäufe. Das Tagebuch packte ich in meinen Rucksack. Ich wollte es in Ruhe lesen. Ich schloss die Metallbox wieder ab und sah zu, wie der Bankangestellte sie danach zurückstellte.

Als ich das Bankgebäude verließ, konnte ich den roten Pick-up nirgendwo entdecken. Ich suchte angestrengt die Straße danach ab. Ein Stückchen weiter zog nun der Piratenumzug vorbei. Bestimmt steckte Alan dahinter fest und kam nicht durch. Ich beschloss, ihm entgegenzugehen.

Ich lief auf die Straßenecke zu, an der der Umzug entlangführte. Es war ein farbenprächtiges Bild. Einen Moment stand ich dort und staunte ebenso wie alle anderen Menschen, die am Straßenrand standen, über die bunten Kostüme. In dem Moment fiel mir ein bekanntes Gesicht auf. Es war der große schlaksige Junge, der mir vor Sally's Bookstore den rosa Flyer in die Hand gedrückt hatte. Jetzt sah er in meine Richtung und anscheinend erkannte er mich auch wieder, denn er eilte mit großen Schritten auf mich zu. Er trug wieder sein Piratenkostüm. Er blieb kurz vor mir stehen und deutete eine Verbeugung an. »Mylady, ich freue mich, Euch hier so unerwartet wieder zu treffen.«

Ich musste lächeln. »Ja, das ist wirklich eine überraschende Begegnung.«

»Ihr habt mich noch gar nicht im Pink Pearl besucht, wie Ihr es versprochen hattet.« Seine schönen dunklen Augen blickten mich eindringlich an.

»Ich, ich hatte noch keine Zeit«, erklärte ich etwas beschämt, weil ich eigentlich nie ernsthaft vorgehabt hatte, dort essen zu gehen.

»Natürlich, das verstehe ich. Aber ich hoffe doch, du kommst noch vorbei«, sagte er nun im ganz normalen Tonfall.

»Ja, klar, warum nicht«, sagte ich. Trotz seines Piratenkostüms sah er eigentlich ganz süß aus, mit seinen dunklen, braunen Augen. Um seine vollen Lippen spielte ein leichtes Lächeln. Aber ich überlegte immer noch, ob sein Bart echt war. Das mochte ich ihn aber nicht fragen und so sagte ich: »Erstaunlich, dass du dich noch an mich erinnerst. Wo du doch bestimmt an viele Leute Flyer verteilst.«

Er nickte bestätigend und erklärte dann mit einem Zwinkern: »Stimmt, aber ein schönes Mädchen vergesse ich nie!«

Ich lachte.

»Ich bin übrigens Henry Bennett«, stellte sich mein Piratenkavalier vor.

»Und ich heiße Caitlin Macrae.«

»Sehr erfreut, Lady Macrae.« Er ergriff meine Hand und drückte mir einen sanften Kuss auf den Handrücken.

Ich war noch völlig irritiert von dieser Geste, als Henry mich fragte: »Und siehst du dir nach dem Umzug noch die Shows am Hafen an?«

»Ich ...«, begann ich als hinter uns mit quietschendem Geräusch ein Auto hielt. Ich drehte mich um und sah einen finster dreinblickenden Alan am Steuer sitzen. Das Beifahrerfenster war heruntergekurbelt.

»Oh, hallo Alan, das ist ...«, wollte ich Henry gerade vorstellen.

Dieser lächelte ebenfalls nicht mehr und sagte mit angewidertem Blick und einem kurzen Nicken des Erkennens: »Wilson!«

»Bennett!«, grüßte Alan Henry ebenso knapp mit seinem Nachnamen.

Ich blickte unsicher zwischen den beiden Jungs hin und her. »Ihr kennt euch?«, fragte ich überflüssigerweise. Natürlich kannten sie sich. Schließlich war Port Pine nicht gerade eine Metropole.

»Leidlich«, sagte Alan mit einem seltsamen Blick auf Henry. »Kommst du, Caitlin. Wir sollten los. Dein geliebter Pirat wartet sicher schon sehnsüchtig auf dich.«

Henry sah mich fragend an.

»Pirat ist der Name meines Hundes«, erklärte ich ihm schnell. «Alan war so freundlich, mich mit nach Eastport zu nehmen. Aber jetzt müssen wir wirklich zurück.«

»Ein sehr schöner Name für einen Hund und sehr bedauerlich, dass du schon los musst«, sagte Henry mit einem ebenso merkwürdigen Blick auf Alan. »Aber ich hoffe, wir sehen uns bald wieder. Vielleicht in der Pearl? Das würde mich echt freuen.«

»Sicher«, erklärte ich schnell, weil ich Alan nicht länger warten lassen wollte.

Ich öffnete die Beifahrertür und winkte »Es war nett, dich getroffen zu haben, Henry.«

»Ganz meinerseits, Mylady. Passt auf, dass Ihr gut nach Hause kommt.« Damit nickte er Alan erneut kurz zu.

Kaum hatte ich im Wagen Platz genommen, als Alan auch schon zügiger als notwendig losfuhr. Er wirkte sauer. Nur weil ich mit diesem Henry gesprochen hatte? Aber das war doch albern. Alan und ich waren schließlich kein Paar und warum sollte ich nicht nett mit anderen Jungs sprechen können? Ich wusste nicht, was ich sagen sollte. Alan starrte geradeaus und schwieg. Fast hatte ich das Gefühl, wieder neben Tom Huxley im Wagen zu sitzen. Wenigstens hatte ich vor Alan keine Angst und er sah, auch wenn er wütend war, einfach umwerfend aus.

»Wie lange kennst du Bennett schon?«, fragte Alan plötzlich mit gepresstem Tonfall.

»Ich habe ihn erst einmal zuvor in Port Pine gesehen. Er hatte mir einen Flyer von diesem Restaurant gegeben«, informierte ich ihn.

»Dafür wirkt ihr aber sehr vertraut«, bemerkte er kühl. »Wart ihr heute hier verabredet? Wolltest du deshalb unbedingt nach Eastport?«

Langsam wurde ich sauer. Was sollte dieses Verhör? Dazu hatte er kein Recht, selbst wenn es so gewesen wäre. »Ich wüsste nicht, was dich das anginge!« Trotzig streckte ich mein Kinn vor. »Aber nein, wir waren nicht verabredet! Ich wollte einfach nur zur Bank.

Und warum spielt es überhaupt eine Rolle, wie lange ich Henry kenne?«

»Es spielt gar keine Rolle!« Alan schnaubte. »Es ist nur so, dass Bennett und ich uns nicht besonders gut verstehen.«

»Das ist mir durchaus aufgefallen!« Ich verschränkte die Arme vor der Brust. »Und warum nicht, wenn ich fragen darf?«

»Das ist eine lange Geschichte«, antwortete Alan ausweichend. Er wollte allem Anschein nicht darüber sprechen.

Ich überlegte, wie ich ein anderes Thema anschneiden könnte. Da fiel mir das Tagebuch meiner Tante ein.

Ich berichtete ihm aufgeregt davon. »Vielleicht steht ja auch etwas über dich drin«, neckte ich ihn abschließend.

Seine Hände umklammerten das Lenkrad bis die Knöchel an den Händen weiß hervortraten und zwischen den Augen bildete sich eine kleine Zornesfalte. »Und wenn schon!«, zischte er. Ich war verwirrt. Was war nur mit Alan los?

Ich zuckte die Schultern und sah aus dem Fenster. Als wir uns Port Pine näherten, fiel mir ein, dass ich unbedingt noch Hundefutter kaufen musste.

Bei der Gelegenheit könnte ich noch kurz Sally besuchen und ihr von dem Tagebuch berichten. Ich hatte einfach das Bedürfnis mich mit einer Freundin auszutauschen. Die Männer hier waren mir definitiv zu anstrengend!

Ich bat Alan, mich im Ort rauszulassen. Als er fragend eine Augenbraue hochzog, erklärte ich ihm etwas zickiger als beabsichtigt: »Ich bin dir zwar keine Rechenschaft schuldig, aber ich will nur Hundefutter kaufen und kurz bei Sally's Bookstore vorbeischauen. Also wäre es sehr freundlich, wenn du mich am Marktplatz rauslassen würdest.«

Alan hielt den Wagen an. »Wie lange wirst du ungefähr brauchen? Wann soll ich dich hier wieder abholen?«, seine Stimme klang ein wenig zerknirscht. Er wirkte, als hätte er ein schlechtes Gewissen, weil er vorher so unfreundlich gewesen war.

Ich hielt inne und sagte: »Danke, aber das ist nicht nötig.«

»Was denkst du von mir? Dass ich dich den ganzen Weg zu Fuß zurücklaufen lasse? Ich küsse zwar keine Hände, aber ich weiß sehr wohl, was sich gehört!«, seine blauen Augen funkelten mich an.

Oh, war da jemand eifersüchtig? Ein freudiges Kribbeln begann sofort und völlig ungefragt, meinen Magen in Aufruhr zu versetzen. Ich musste gegen meinen Willen lächeln. »Wäre dir in einer Stunde recht?«

Er nickte und ich stieg aus.

Jungs sind schon komisch.

Zuerst lief ich Richtung Hafen um zu Sally zu gehen. In ihrem Laden war heute richtig was los. Eine Gruppe Damen plauderte und stöberte herum. Sally lief zwischen den Frauen hin und her und zeigte ihnen nacheinander verschiedene Bücher. Das konnte ich durch die Schaufenster erkennen. Als ich den Laden betrat, stieg sie gerade auf eine Holzleiter, um einer älteren Dame ein Buch aus einem der oberen Regale zu holen.

»Hallo Caitlin«, begrüßte sie mich herzlich, als sie von der Leiter wieder heruntergestiegen war. »Wie schön, dass du mich besuchst. Wie geht es dir?«

»Hi, mir geht es soweit ganz gut. Ich hatte gehofft, kurz mit dir sprechen zu können. Aber du hast ja augenscheinlich alle Hände voll zu tun. Dann sollte ich wohl ein anderes Mal wiederkommen.«

»Heute ist wirklich nicht so günstig. Einmal im Monat kommt der Bücher-Club zu mir. Es wird geplaudert, gelesen und Tee getrunken. Das geht bis heute Abend so weiter. Aber was hältst du von morgen Mittag? Wir könnten essen gehen und in Ruhe reden.« Sally stellte die Leiter zur Seite.

»Das ist eine grandiose Idee«, antwortete ich.

Eine junge Mutter mit einem kleinen Jungen auf dem Arm trat zu uns. »Entschuldigen Sie, dass ich sie unterbreche. Aber ich suche den Roman *Das Geheimnis der schwarzen Seerosen*. Haben Sie den, Sally?«

»Natürlich! Einen Moment bitte. Ich suche ihn gleich raus und Tim möchte bestimmt noch einen Keks, nicht wahr?« Sally lächelte die beiden an. Tim strahlte.

»Also was hältst du von morgen, 13 Uhr? Es gibt hier ein wunderbares Fischrestaurant, die haben einen ganz hervorragenden Mittagstisch.« Sally sah mich fragend an.

»Das Pink Pearl?«, vermutete ich.

Sally nickte. »Du kennst es?«

»Noch nicht, aber ich habe einen Flyer gesehen. Wollen wir uns dort treffen?«

»Huhu Sally, haben Sie noch Tee?«, rief eine grauhaarige Dame im Strickkleid.

»So machen wir das. Ich hoffe, du bist nicht böse, aber ich muss mich jetzt um meine Kundinnen kümmern.«

»Nein, ist doch klar. Wir sehen uns dann morgen.« Ich lächelte sie an.

»An diesen Lesetagen verkaufe ich mehr Bücher als im ganzen restlichen Monat. Keine der Damen will als Kulturbanausin gelten und ohne Buch heimfahren.« Sally zwinkerte mir verschwörerisch zu.

Ich ging zurück Richtung Marktplatz. Nun blieb mir unerwartet viel Zeit. Ich kaufte Hundefutter und auch eine Leine mit Halsband, obwohl ich mir sicher war, dass Pirat es überhaupt nicht mögen würde, an der Leine zu laufen. Dann setzte ich mich in ein kleines Café am Marktplatz und bestellte mir einen Cappuccino. Hier konnte ich in Ruhe die restliche Zeit verbringen und von meinem Platz hatte ich einen prima Blick über den Marktplatz und konnte sehen, wenn Alan zurückkehrte. Kaum hatte ich es mir bequem gemacht, kam ein würdiger Herr im grauen Anzug auf meinen Tisch zu. Er hatte am Nebentisch gesessen, zusammen mit einem blonden Mädchen, das ungefähr in meinem Alter sein musste und gelangweilt auf ihrem iPhone rumtippte. Sie schien jedenfalls Empfang zu haben, denn sie blickte keine Minute auf. Auch nicht, als der Mann sich mir vorstellte. »Gestatten Sie Miss, dass ich mich vorstelle. Lauderdale ist mein Name. Sie haben gewiss schon von mir gehört.« Mit einem selbstsicheren Lächeln schaute er auf mich hinab.

Ich schüttelte den Kopf. »Nein, tut mir leid, Sir ...«

Die Miene des Mannes verfinsterte sich kurz. Doch nur für einen Sekundenbruchteil, dann setzte er weiter ein diplomatisches, strahlendes Zahnpastalächeln auf, dass mich sofort an einen Politiker erinnerte. Mein Bauchgefühl sollte bestätigt werden, denn Mr Lauderdale erklärte mir mit stolz geschwellter Brust: »Ich bin der Bürgermeister dieses wunderschönen Ortes und die entzückende junge Dame am Nebentisch ist meine Tochter Brittany Samantha Lee.« Die langbeinige Elfe mit dem klangvollen Namen, der schrecklich nach Provinzschönheit klang, hob nicht einmal ihren Kopf.

»Schön, Sie kennenzulernen«, erwiderte ich betont freundlich. »Ich bin neu hier. Mein Name ist Caitlin Macrae.« Ich war gespannt, was Mr Lauderdale von mir wollte.

»Ja, ich weiß, wer Sie sind, Miss Macrae. Als Bürgermeister bin ich immer auf dem Laufenden, was unser schönes Port Pine betrifft. Wir sind eine kleine, aber sehr lebenswerte Stadt. Bei uns herrscht Frieden und Ordnung. Nicht wie in den Großstädten. Sie verstehen, was ich meine?«

Ich schüttelte den Kopf. Wohin dieses Gespräch führen sollte, war mir nicht klar.

»Wir haben eine wundervolle Natur, saubere Straßen, wenig Kriminalität und die Menschen wohnen hier gerne. Sie wollen in Ruhe und Frieden leben und so soll es auch bleiben.« Er beobachtete mich bei seinem letzten Satz aufmerksam. Mir erschloss sich immer noch nicht der Sinn dieser kleinen Ansprache. Doch dass es keine Willkommensrede für eine neue Anwohnerin sein sollte, wurde immer deutlicher.

»Was ich sagen möchte, Miss Macrae, wir freuen uns immer über neue Nachbarn. Wir sind ein offenes Städtchen, das gerne neue Einwohner aufnimmt, aber wir haben auch Regeln.«

Langsam wurde ich ungeduldig. Ich rührte genervt in meiner Kaffeetasse und fragte den Bürgermeister frei heraus: »Mr Lauderdale, wollen Sie mir irgendetwas Bestimmtes mitteilen?«

Sein Lächeln wurde noch strahlender. »Sie scheinen eine kluge junge Frau zu sein, Miss Macrae. Aber auch ein Unruhestifter, so wie ihre selige Frau Tante, möchte ich sagen.«

Ich schnaubte mir ärgerlich eine Haarsträhne aus dem Gesicht. Das war ja wohl eine Frechheit! Was erlaubte dieser Mensch sich? »Ich kann mir nicht vorstellen, dass meine Tante eine Unruhestifterin war. Und auch ich habe mir bisher nichts zu Schulden kommen lassen. Worauf wollen Sie hinaus? Ich würde nämlich gerne einfach in Ruhe meinen Cappuccino trinken.« Ich funkelte den Mann jetzt kämpferisch an.

»Das ist genau der Punkt, Miss Macrae – Ruhe! Und die Menschen möchten hier weiterhin ungestört leben können. Mir ist zu Ohren gekommen, dass Sie wilde, tollwütige Hunde halten.«

»Pirat, ist nicht wild und auch nicht tollwütig.« Jetzt reichte es mir aber mit diesem Mann.

Er ignorierte meinen Einwand. »Wenn Sie dazu noch diese Sache weiterführen, die Ihre Tante begonnen hat, kann es sehr ungemütlich für Sie werden. Man sollte alte Geschichten besser ruhen lassen.«

Ich schnappte hörbar nach Luft und überlegte, was ich diesem Herrn entgegen sollte. Doch er nickte mir nur kurz zu, ohne auf meine Antwort zu warten und ging zurück an seinen Tisch.

In dem Moment tauchte, deutlich früher als vereinbart, Alan mit seinem Pick-up auf. Er hielt in einiger Entfernung. Ich war froh darüber, hier wegzukommen. Eilig trank ich meine Tasse leer und ging ins Café, um zu bezahlen. Danach schnappte ich mir meine Einkaufstüte und ging zügig auf den Pick-up zu. Als ich kurz davor war, entdeckte ich, dass Alan dort mit einem anderen Mann stand.

Die beiden drehten mir die Rücken zu. Sie waren anscheinend in eine heftige Diskussion vertieft. Der Kerl neben Alan war ein Stückchen kleiner als er, dafür aber umso bulliger gebaut. Er trug die schwarze Jacke, die Pirat zerrissen hatte. Ich sah ganz deutlich das fehlende Stoffstück. Ob es sich bei dem anderen Mann um Alans Dad handelte? Alan hatte doch gesagt, die Jacke gehöre seinem Dad. Der Mann hatte kurze, strubbelige, aschblonde Haare. Er sah Alan überhaupt nicht ähnlich. Nun hörte ich auch, was sie sagten. Unschlüssig blieb ich stehen. Sollte ich mich bemerkbar machen? Weit und breit war niemand sonst auf dem Platz und es war sicher nicht höflich, ein Gespräch mit anzuhören. Doch ich wusste nicht, was ich sagen sollte, und so stand ich hinter ihnen und gab keinen Piep von mir.

Gerade sagte Alan zu dem anderen Mann: »Nein, das mache ich nicht. Das können Sie nicht von mir verlangen!«

»Ich glaube, ich muss mal ein ernsthaftes Wort mit deinem Dad reden. Du scheinst mir zu rebellisch zu sein, Junge. Vielleicht sollte er dir mal mehr Respekt einbläuen.«

Alans Stimme war eiskalt: »Lassen Sie meinen Dad da raus! Ihretwegen hat er schon genug Stress.«

»Nun, aber mein Geld nimmt der gute alte Daniel immer gerne und du könntest deinem alten Herren ja wirklich mal helfen.« In diesem Moment drehte sich der Kerl um. Ein schmieriges Grinsen legte sich über sein Gesicht: »Aber so wie es scheint, spielst du lieber mit deiner neuen kleinen Freundin.«

Ich hielt meine Einkaufstüte umklammert und starrte den Mann an. Er hatte einen Spitzbart und einen fiesen Ausdruck in den kalt blickenden Augen.

Alan fuhr bei seinen Worten ebenfalls herum. In seinen Augen funkelte Wut und ich war mir nicht sicher, ob er gleich auf Mr. Fiesling oder auf mich losgehen würde. Er machte einen Schritt auf den Typen zu.

»Halt mal die Pferde still, Jungchen und pass gut auf deine Kleine auf!« Dann lachte der Kerl und ging.

Ich war fassungslos. Wer war dieser schreckliche Mensch? Jedenfalls nicht Alans Vater, soviel stand nach dem Gespräch fest.

»Was machst du hier?«, fuhr Alan mich an.

Ich hatte mich wohl verhört! »Wir waren hier verabredet!«

»Aber noch nicht um diese Zeit«, entgegnete Alan ungehalten.

Nun reichte es mir mit seinen nervigen Launen. Was auch immer sein Problem war, ich würde mich nicht weiter von ihm behandeln lassen, wie ein kleines dummes Mädchen. Wortlos drehte ich mich um und ging.

»He«, rief Alan mir hinterher. »Wohin gehst du?«

Ich antwortete nicht und ging weiter in Richtung Hauptstraße. Auf mich brauchte niemand aufzupassen.

Mit schnellen Schritten lief Alan mir nach. Er packte mich am Arm und hielt mich fest. »Ich habe dich etwas gefragt!«

»Vielleicht habe ich aber keine Lust dir zu antworten! Ich weiß zwar nicht, was dein Problem ist, Alan Wilson, aber ich werde mich nicht so von dir behandeln lassen. Ich habe nichts falsch gemacht und werde nicht zulassen, dass du die ganze Zeit deine miese Laune an mir auslässt!« Zornig funkelte ich ihn an.

Er starrte mich einen Moment sprachlos an. Dann nickte er. »Du hast recht, Caitlin, das war unfair von mir. Es ist nur ... also ...« Er fuhr sich nervös mit der Hand durch die Haare. »Ich habe gerade etwas Stress.«

Ich lachte kurz auf. Na, das war ja mal eine einleuchtende Erklärung! »Und mehr hast du mir nicht zu sagen?«

Alan sah mich mit großen Augen an. Er checkte gar nichts. Ich schüttelte nur den Kopf und ging weiter. Sofort war er wieder an meiner Seite. »Was willst du denn noch hören?«

»Also wenn du mir schon nicht nachvollziehbar erklären kannst oder willst, was dein Ausbruch da eben zu bedeuten hatte, dann erwarte ich wenigstens eine Entschuldigung.«

»Aber ich habe mich doch entschuldigt«, verteidigte sich Alan.

»Tatsächlich? Das habe ich wohl nicht mitbekommen.« Ich stapfte weiter.

»Also gut, es tut mir leid. Ich wollte dich nicht so anfahren. Verzeihst du mir?« Er setzte den gleichen Blick auf, den auch Pirat draufhatte, wenn er eine extra Portion Beef wollte. Mein Herz schmolz wie Butter in der Sonne.

»Okay, ich verzeihe dir, dass du mich so behandelt hast.«

»Kommst du nun zurück zum Wagen?«, fragte er.

Ich schüttelte den Kopf. »Nein, ich möchte trotzdem lieber laufen.«

Alan fuhr sich erneut mit der Hand durch die Haare. »Warum? Ich habe mich doch entschuldigt.«

»Ich glaube, ich muss mal allein sein und nachdenken.«

Er schüttelte unwillig den Kopf. »Ich weiß, es wird dir nicht gefallen, aber gerade jetzt kann ich nicht zulassen, dass du alleine zum Haus zurückgehst. Leider habe ich auch keine Zeit, mit dir darüber ewig zu diskutieren. Also Caitlin, ich entschuldige mich schon mal im Voraus.«

Mit diesen Worten packte er mich, hob mich hoch und schleppte mich zum Pick-up zurück.

»He, spinnst du?«, rief ich empört. Ich trommelte mit der freien Faust auf seinen Rücken und hätte beinahe die Tüte mit den Einkäufen fallengelassen. Aber Alan ließ mich nicht los. Er murmelte wieder »Sorry« und grinste amüsiert, weil ich mich erfolglos gegen ihn zu wehren versuchte. Es gab Momente, da wäre ich gerne nicht ganz so klein und zierlich, sondern groß und stark.

Im Auto sprach ich zur Abwechslung kein Wort mit ihm. Auch wenn mich so viele Fragen plagten. Eigentlich hatte ich ihm auch von meinem Gespräch mit dem Bürgermeister erzählen wollen. Doch ich wollte mir nicht die Blöße geben und mein trotziges Schweigen brechen. Mit verschränkten Armen saß ich da. Er grinste weiter in sich hinein. Na prima, wenigstens hatte der unfaire Kampf mit mir seine schlechte Laune vertrieben.

Als wir das Grundstück erreichten, stieg ich aus und schlug die Autotür hinter mir zu. Ich drehte mich um und rief: »Glaub ja nicht, dass du noch auf einen Kaffee mit reinkommen kannst!«

Er lachte. »Das wollte ich auch gar nicht. Wir sehen uns dann morgen zur gewohnten Zeit beim Karussell.«

»Ich komme später, weil ich mittags mit Sally verabredet bin.«

»Gut, ich fange dann morgen an, die Mechanik der Reittiere zu überprüfen. Du weißt ja, wo du mich findest.« Er wendete den Wagen und fuhr. Er war einfach unverschämt. Aber auch unverschämt süß! Ich sah ihm nach. Irgendwie hätte ich mir trotzdem gewünscht, er wäre noch mit reingekommen.

Kapitel 6

Ein bizarres Date

Fünf Minuten vor der verabredeten Zeit erreichte ich das Pink Pearl. Ich hatte den kleinen Piraten mitgenommen, weil ich ihn nicht schon wieder so lange allein lassen wollte. Ihm schien es gut zu gehen und nichts deutete mehr drauf hin, dass er am Vortrag verletzt worden war. Das Blut hatte ich ihm aus dem Fell gewaschen und er war munter wie immer neben meinem Fahrrad Richtung Stadt gelaufen. Auch mir ging es heute wieder deutlich besser als gestern. Obwohl ich mich eigentlich nur mit Sally zum Essen traf, hatte ich mir die Mühe gemacht, meine Haare glatt zu föhnen – was nie lange hielt – und etwas Make-up aufzulegen. Ich legte Pirat nun die Leine an, was ihm gar nicht gefiel, und hoffte, es wäre kein Problem, dass ich mit einem Hund ins Restaurant ging. Unschlüssig stand ich einen Moment vor der Eingangstür. Da legte sich plötzlich eine Hand auf meine Schulter. »Caitlin, willst du zu uns?« Ich drehte mich um und blickte in Henrys erfreutes Gesicht.

»Hallo Henry, ja, ich bin hier mit einer Freundin zum Essen verabredet. Kann ich meinen Hund mit rein nehmen?«

Henry kniete sich nieder und streichelte Pirat. »Du bist also der Piraten-Hund. Du bist ja ein hübscher Kerl. Pass mir gut auf Caitlin auf, ja?«

Pirat legte den Kopf schräg und ließ sich anstandslos von Henry kraulen. Kein Knurren oder Kläffen. Das gab mir zu denken. Immerhin sagte man Tieren ja nach, sie würden böse Menschen erkennen und Pirat hatte bisher nur Alan und den unbekannten Täter angeknurrt.

Henry stand auf. »Mein Vater mag eigentlich keine Hunde im Restaurant, aber das sollte kein Problem sein. Er ist ja ein braver Kerl, und außerdem bist du eine Freundin von mir.« Henry zwinkerte mir wieder zu.

»Äh«, machte ich erstaunt. Das betraf sowohl die erste als auch die zweite von Henrys Aussagen.

»Komm, ich führe dich zu einem gemütlichen Tisch in einer der hinteren Nischen. Dort kann dein Hund bequem unter dem Tisch liegen und niemand wird ihn entdecken.«

Wir betraten beide das Restaurant. Es war recht gut gefüllt, aber wie Henry vorausgesagt hatte, war der Tisch in einer Nische frei. Auf dem Tisch stand ein Reserviert-Zeichen, das Henry wegnahm, als ich Platz genommen hatte.

»Möchtest du schon etwas bestellen?«, fragte er mich.

Ich schüttelte den Kopf. »Nein, ich warte noch. Aber vielleicht kann ich schon mal in die Karte gucken?«

»Sicher, ich sage Amber Bescheid. Sie wird dir gleich die Karte bringen. Falls du Pizza magst, empfehle ich dir die Meeresfrüchte-Special. Wir haben heute wieder ganz besonders tolle Muscheln und Krabben geliefert bekommen. Toni, unser Küchenchef, zaubert daraus eine traumhafte Pizza.«

»Das klingt verlockend.«

»Ist es okay, wenn ich dich allein lasse? Ich muss mich noch um die anderen Gäste kümmern. Aber ich komme später noch mal an deinen Tisch.« Henry lächelte mich an. Er war wirklich ein netter Typ.

Auch mit den anderen Gästen redete er herzlich oder posierte in seinem Piratenoutfit für Fotos. Scheinbar war er so etwas wie die Attraktion des Pink Pearl. Unwillkürlich fragte ich mich, wie wohl sein Vater aussehen musste. Ob der auch im Piratenkostüm im Restaurant herumlief oder als Flottenadmiral?

In diesem Moment betrat Sally das Pearl. Ich winkte ihr zu. Sie kam etwas atemlos an meinen Tisch.

»Entschuldige meine Verspätung. Ausgerechnet heute hatte ich einen ganz unentschlossenen Kunden vor der Mittagspause.« Sie lachte herzlich. »Hast du dir schon etwas ausgesucht?«

»Nein, ich wollte warten, bis du da bist«, sagte ich.

»Dann sollten wir vielleicht erst etwas auswählen, bevor wir uns unterhalten. Ich muss den Laden in einer Stunde wieder öffnen.« Sally nahm die Speisekarte und begann zu lesen.

Wir hatten uns schnell entschieden und als uns die Kellnerin unsere Getränke brachte, bestellte Sally Lachs auf Spinat mit Krabben und ich folgte Henrys Rat und wählte die Meeresfrüchte-Pizza.

Als Amber den Tisch mit unseren Bestellungen wieder verließ, berichtete ich Sally von meinem Besuch bei der Bank und dem Tagebuch meiner Tante. Sie war überrascht und neugierig.

»Ich wusste gar nicht, dass Megan Tagebuch geführt hat. Hast du schon darin gelesen?«, wollte sie wissen. »Hat sie auch etwas über mich geschrieben?«

»Nein, also, ich weiß es nicht. Ich habe bisher nur wenige Seiten gelesen. Gestern Abend war ich zu müde. Bisher ging es nur um die Arbeit am Karussell und was sie für die Restaurierung alles benötigte und plante. Außerdem um den Streit mit dem Bürgermeister.«

»Ja, das war eine äußerst ärgerliche Angelegenheit. Megan war über das Verhalten von Mr Lauderdale wirklich sauer. Er hat ihr, wo er nur konnte, Knüppel zwischen die Beine geworfen.«

»Meinst du, er wird das weiterhin tun?«, erkundigte ich mich beiläufig. Ich dachte an mein unerfreuliches Gespräch mit dem Mann und fragte mich wie weit er wohl gehen würde, um Tantchens Projekt zu stoppen.

Sally zog die Augenbrauen hoch. »Willst du mit Megans Projekt weitermachen?«

Ich zuckte unschlüssig die Schultern. »Ich bin mir noch nicht endgültig sicher. Aber es wäre doch schade, wenn das Karussell jetzt wieder verfällt und es war der Traum meiner Tante, es wieder zum Laufen zu bringen. Ich möchte ihr diesen Traum erfüllen. Sie hat so viel für mich getan. Wenn das Karussell wieder funktioniert, dann kann ich es sicher gut verkaufen, oder? Außerdem hilft mir Alan. Mal sehen, wie weit wir kommen.«

»So, du arbeitest jetzt also auch mit Alan, unserem Stadtrebellen zusammen.« Sally zwinkerte mir zu. »Dann pass auf, dass er dir nicht das Herz bricht.«

Mir blieb keine Gelegenheit weiter nachzufragen, denn in diesem Moment kam unsere Bestellung an den Tisch. Das Essen war köstlich. Ich hatte noch nie so eine gute und reich belegte Meeresfrüchte-Pizza gegessen. Aber es war definitiv zu viel, so dass manch leckerer Fischhappen unter den Tisch zu Pirat wanderte, der außer einem vernehmlichen Schmatzen keinen Mucks von sich gab. Er verhielt sich wirklich vorbildlich. Henry kam nicht wieder an unseren Tisch, aber er schaute mehrfach zu mir rüber und winkte mir zu. Sally folgte meinem Blick. Sie schmunzelte. »Oder hast du vielleicht ein Auge auf unseren schönen Henry geworfen?«

»Nein, natürlich nicht«, stritt ich ihre Vermutung ab.

»Nun, das wäre ja verständlich. Henry sieht gut aus und ist auch sonst ein durchaus liebenswerter Junge. Wenn auch etwas – wie soll ich sagen – ungewöhnlich ...«

Ich sah von meinem Teller auf. »Wie meinst du das?«

»Oh, das musst du schon selbst herausfinden.« Sally lächelte unergründlich, wie die Mona Lisa.

Langsam fing es an mich zu nerven, dass hier alle Leute irgendwelche Geheimnisse zu haben schienen und niemand offen darüber sprechen mochte. Ich legte meine Gabel zur Seite und beschloss jetzt etwas mehr herauszufinden.

»Tut er es denn oft? Herzen brechen, meine ich?«, versuchte ich möglichst unauffällig den ursprünglichen Gesprächsfaden wieder aufzunehmen.

Sally schaute mich für einen Moment völlig verdutzt an. Dann dämmerte es ihr, dass ich nicht Henry meinte.

»Ach Alan ...«, begann sie. »Er ist ein Außenseiter. Ein Rebell, hätte man früher gesagt. Und dabei kann er noch nicht einmal etwas dafür. Das war auch nicht immer so. Als seine Mutter noch bei der Familie war, lief alles in geregelten Bahnen, aber als sie verschwand, fing sein Vater an zu trinken. Einige hier sagen, er hat wohl schon vorher zu viel getrunken und das war der eigentliche Grund, warum Alans Mutter bei Nacht und Nebel die Familie verließ. Jedenfalls trank der Vater danach immer mehr und verlor bald seinen Job. Er bekam nur noch schlecht bezahlte Aushilfsjobs und weil das zum Leben nicht reichte und er das meiste Geld versoff, soll er wohl kleinere Diebstähle begangen haben. Irgendwann bekam er dann gar keine Jobs mehr. Alan wurde natürlich in der Schule von den Mitschülern geärgert. Wie es oft in einer Kleinstadt so ist, kennt jeder jeden. Alle wussten, dass Alans Mutter wegen eines anderen Mannes fortgegangen war, und sein Vater sich zu einem kleinkriminellen Taugenichts entwickelte. Kinder sind oft grausam und so ärgerten sie ihn so lange, bis er wohl nur noch einen Ausweg sah. Er fing an, jeden Mitschüler, der es wagte seine Eltern zu beleidigen, zu verprügeln. Das brachte ihm zwar Respekt, aber auch die Furcht der anderen Mitschüler ein. Kurz vor seinem Highschool-Abschluss flog Alan von der Schule, weil er sich dazu hinreißen ließ, dem Sohn des Direktors die Nase zu brechen. Vermutlich hatte der ihn so lange mit seiner Mutter aufgezogen, bis Alan der Kragen geplatzt war. Ich glaube, das war Absicht.« Sally spießte mit grimmiger Miene ein Stück Lachs auf.

»Dadurch hatte er jedenfalls jede Chance auf einen Abschluss und eine vernünftige Ausbildung verloren. Selbst heute will keiner in Port Pine Alan einen Job geben, obwohl er sich die letzten Jahre sehr gut entwickelt hat. Im Gegensatz zu seinem Vater, versucht er etwas aus seinem Leben zu machen und wirkt insgesamt recht vernünftig. Außerdem unterstützt er seinen Dad so gut es geht. Doch sein Vater hat wohl immer öfter auch zwielichtige Jobs angenommen, um an Geld zu kommen. Letztens musste er sogar für ein halbes Jahr wegen eines Diebstahldelikts hinter Gitter. Er ist erst vor kurzem wieder entlassen worden. Ich glaube ja, Alan wäre ohne seinen Vater besser dran. Ich verstehe gar nicht, warum er sich noch so um ihm bemüht.«

Sally machte eine Pause und trank einen Schluck Wasser.

»Er sieht natürlich sehr gut aus und bestimmt hat sich die eine oder andere brave Tochter schon mal in ihn verguckt. Sogar das piekfeine Töchterchen von Bürgermeister Lauderdale soll mal ein Auge auf ihn geworfen haben.« Sally kicherte kurz wie ein Teenager bei dem Gedanken.

Alan und diese Brittany Schneppdrellig – ich hatte ihren vollen Namen schon wieder vergessen – konnte ich mir zusammen so gar nicht vorstellen.

Sally fuhr fort: »Aber Alan hat viel zu viele Probleme mit seinem eigenen Leben, als dass er sich ernsthaft an ein Mädchen binden würde. Man erzählt sich zwar von diversen Liebeleien mit Mädchen während der

Highschool-Zeit, aber eine feste Freundin hatte er – soweit ich weiß – nie.«

Das waren ja schöne Aussichten!

»Caitlin, ich möchte nur nicht, dass er dir das Herz bricht. Er ist nun mal kein Typ für eine Beziehung. Aber ich muss zu seiner Ehrenrettung sagen, dass Megan große Stücke auf ihn hielt. Sie sagte mir immer, dass er eine wirklich Unterstützung für sie war. Er ist technisch sehr geschickt und er war immer da, wenn sie ihn brauchte. Megan hielt Alan für absolut ehrlich und loyal. Vermutlich ist er das auch. Er hat nur nie eine Chance bekommen. Nur bei Megan und die war selbst so etwas wie eine Außenseiterin in dieser Stadt – auch wenn alle sie mochten. Aber wie ich dir ja schon erzählt habe, stieß ihr Projekt auf viel Widerstand bei den Bürgern. Dass sie den Wilson-Jungen beschäftigte, brachte ihr ebenfalls keine Sympathien ein. Der Sohn eines Diebes ist leider für viele Menschen auch nur ein Dieb und sein Verhalten als Teenager war seinem Ruf nicht gerade förderlich.«

»Das ist doch total ungerecht!«, entfuhr es mir. »Er kann doch gar nichts für seine Eltern.« Ich knüllte meine Servierte zusammen. Pirat winselte aufgrund meines unerwarteten Ausbruchs leise unter dem Tisch. Sofort senkte ich meine Stimme. »Tante Megan war die Einzige, die ihn nicht als Dieb behandelt hat und zu Recht! Ich glaube nicht eine Minute, dass Alan ein schlechter Mensch ist. Er hat nur Pech gehabt«, verteidigte ich ihn leidenschaftlich.

»Oje, Herzchen, bitte versprich mir, dass du dich nicht in ihn verliebst. Das geht nicht gut aus für euch beide. So und jetzt entschuldige mich bitte für einen

Moment.« Sally stand auf und strebte auf die Toilette zu.

»Ich kann dir das leider nicht versprechen, Sally«, murmelte ich leise, als sie ging. Doch im nächsten Moment fiel mir ein, dass ich sogar selbst Alan verdächtigt hatte, in mein Haus eingedrungen zu sein. Allerdings hatte ich nichts von dieser Geschichte gewusst. Dennoch fragte ich mich, ob ich am Ende auch nicht viel besser war, als die Bürger von Port Pine.

Ich starrte auf meinen Teller. Mir war der Appetit vergangen.

Kaum war Sally fort, stand plötzlich Henry an unserem Tisch. Eigentlich war mir gar nicht mehr nach einer Unterhaltung zumute, aber ich wollte nicht unhöflich sein.

»Und gefällt es dir hier?«, fragte mich Henry. »Ich sehe, du hast die Pizza genommen. Hat sie dir nicht geschmeckt?« Er deutete auf meinen halb vollen Teller.

»Doch, es war nur viel zu viel.« Ich zwang mich zu einem Lächeln.

Henry lächelte zurück. Einen Moment sagte keiner von uns beiden etwas. Ich überlegte, ob ich ihm einen Platz anbieten sollte.

Henry trat unschlüssig von einem Bein auf das andere. Er wirkte auf einmal gar nicht mehr so selbstsicher und strahlend, wie er es in seiner Rolle als Pirat sonst tat.

»Du, ähm, ich habe mir gedacht ... wir könnten also ...«, stammelte er etwas verschüchtert.

»Ja?« Erwartungsvoll schaute ich zu ihm auf.

»Also ich habe heute früher Feierabend und ... wollte dich fragen, Caitlin ...« Henry drehte sich verstohlen

nach hinten um, als ob uns jemand belauschen könnte. Er senkte die Stimme ein wenig. »Also, würdest du
mit mir ausgehen?«

Ich überlegte einen Moment und musste überflüssigerweise an Alan denken. Aber vermutlich hatte
Sally recht und Alan war nicht der richtige Junge zum
Verlieben. Henry war ja eigentlich auch ganz süß.
Wenn man Sally glauben konnte, war er zudem ein
wirklich netter Typ. Warum eigentlich nicht? Schließlich war ich Single.

»Okay«, stimmte ich kurzentschlossen zu.

»Super!«, Henry strahlte mich nun wieder selbstsicher an. »Sagen wir halb fünf. Wo wollen wir uns treffen?«

»Kennst du Sally's Bookstore? Wir könnten uns dort
treffen«, schlug ich vor.

»Wo gehen wir hin? Soll ich irgendetwas mitbrin-
gen?«, wollte ich noch von ihm wissen.

»Nein, nur dich. Also, um halb fünf vor Sallys Laden,
klar soweit?« Er tippte sich an seinen Piratenhut.

Ich nickte und Henry ging.

Plötzlich wurde es laut an einem der Nebentische.
Die Großfamilie, die dort gesessen hatte, brach auf.

Hinter mir verlangte jemand die Rechnung. Irgendeine Glocke klingelte beim Klang der Stimme, doch ich
konnte sie in dem Lärm nicht zuordnen. Mehrere
Leute gingen an unserer Nische vorbei in Richtung
Ausgang. Pirat fing an zu knurren und zog an der Leine. Ich fasste ihn kürzer und beugte mich hinab. »Sei
still Pirat. Du willst doch nicht, dass man uns raus-
wirft«, zischte ich leise. Als ich mich wieder aufrichte-
te, glaubte ich kurz den Fiesling in der Menge zu ent-

decken. Ich schaute angestrengt der Familie nach, die das Lokal verlassen hatte. Aber ich konnte ihn nicht entdecken. Vermutlich hatte ich mich getäuscht.

In diesem Moment kam Sally wieder an unseren Tisch. »Entschuldige bitte, ich musste warten.« Dann sah sie mich an. »Caitlin, was ist los? Du bist ja ganz blass um die Nase. Ist irgendetwas passiert?«
»Ja, ich habe ein Date!«

Als Sally sich wieder auf dem Weg in ihren Buchladen befand und ich aus Port Pine radelte, dachte ich daran, wie aufgeregt Sally auf die Neuigkeit reagiert hatte. Sie hatte erfrischend gelacht und mir das Versprechen abgenommen, ihr hinterher alles haarklein zu erzählen. Lara hätte nicht anders reagiert. Ich verstand, warum Sally und meine Tante Freundinnen gewesen waren. Sally war eine fröhliche Frau, auch wenn ihre Überfürsorglichkeit etwas nervte. Vermutlich glaubte sie auch, auf mich aufpassen zu müssen.
Ich trat in die Pedale und überlegte mir, was ich für das Date mit Henry anziehen sollte, da fiel mir Alan ein. Wir waren schließlich beim Karussell verabredet. Ich bog vom Waldweg ab und fuhr den Pfad entlang, den Alan gewöhnlich mit seinem Pick-up nahm. Pirat folgte mir. Als ich ankam, sah ich Alan schon von weitem. Er schraubte an einem der Reittiere herum.
Ich stieg vom Rad und schob es über die Lichtung zum Zirkuswagen. Dort lehnte ich es an. Alan schaute auf und winkte mir zu. Er wirkte zufrieden. »Komm her, ich muss dir etwas zeigen. Du wirst begeistert sein!«, rief er mir entgegen. Neugierig ging ich zu ihm.

Er trat an den Schaltkasten und betätigte einen mir unbekannten Hebel. Daraufhin fing der Delfin neben mir an, sich auf und ab zu bewegen. Ich war begeistert. »Das ist toll! Sind alle Reittiere beweglich?«, fragte ich ihn.

Alan legte den Hebel wieder um. »Nein, nicht alle, aber einige. Die Mechanik funktioniert allerdings nur noch zum Teil. Ich will versuchen, sie wieder in Gang zu kriegen. Aber es ist schon mal ein Teilerfolg.« Er sah mich stolz an.

»Bewegt sich das schwarze Seepferdchen auch?«

Alan schüttelte bedauernd den Kopf. »Leider nicht. Das ist fest montiert. Aber deine Nixe lässt sich bewegen. Wenn du sie heute fertig lackierst, würde ich mich gleich morgen mit der Mechanik beschäftigen.«

»Oh, also, das ist so ...«, begann ich. Ich hatte ein schlechtes Gewissen, weil ich Alan jetzt hier allein arbeiten ließ und ausgehen wollte. »Ich kann heute nicht arbeiten. Ich war doch mit Sally Mittag essen und da traf ich Henry und nun ...« Ich machte eine verlegene Pause. Ich konnte ihm nicht in die Augen sehen und so starrte ich auf meine Fußspitzen »Er hat mich gefragt, ob ich heute Abend mit ihm ausgehe.«

Alan ließ den Schraubenschlüssel sinken. Er sah mich zweifelnd an und zog fragend eine Augenbraue hoch. »Du willst dich tatsächlich mit diesem lächerlichen Piratendarsteller treffen?«

Diese Bemerkung machte mich sofort wieder sauer und ich hatte das Gefühl, Henry verteidigen zu müssen.

»Henry ist nicht lächerlich. Er ist ein wirklich netter Typ. Im Gegensatz zu manch einem anderen, den ich kenne!« Ich verschränkte die Arme und blickte Alan kühl an. Er sollte merken, dass mir seine Art über Henry zu reden nicht gefiel.

Alan lachte nur, doch es klang bitter.

»Nur zu, dann geh und genieße dein Date. Ich komme allein ohnehin schneller voran. Du stehst mir sowieso nur im Weg.« Er drehte sich wieder um und machte sich an der Verschraubung des Delfins zu schaffen. Eine Weile stand ich unschlüssig da. Aber Alan beachtete mich nicht mehr.

Zögernd ging ich noch mal auf ihn zu. »Könnte ich vielleicht Pirat bei dir lassen?«, fragte ich jetzt etwas sanfter. »Ich weiß nicht, wo wir hingehen, und ob ich Pirat dorthin mitnehmen kann. Ich will ihn nicht wieder allein im Haus lassen.« Ich wusste, dass Alan und Pirat nicht die besten Freunde waren, aber vielleicht erkannte er in meiner Bitte, dass ich ihm vertraute. Doch Alan verstand mich nicht. Er drehte sich kaum um und sagte nur zu Pirat: »Da siehst du es, Kumpel. Kaum ist ein großer Pirat da, bist du abgemeldet. So sind die Frauen!«

Das war ja die Höhe! »Vergiss es!«, zischte ich wütend. »Ich nehme Pirat mit. Komm Pirat, wir gehen.« Der Hund blickte fragend von Alan zu mir und erhob sich dann, um mir zu folgen. Ich drehte mich um und lief zurück zum Fahrrad. Okay, er hatte das Recht sauer zu sein, weil ich ihm nicht half. Aber mir zu sagen, ich stünde ihm nur im Weg, war gemein. Und diesen Machospruch hätte er sich auch sparen können! Was ging es ihn an, dass ich mich mit einem anderen Jungen traf? Aber warum fühlte ich mich dann so mies? Auf dem Weg zum Haus schimpfte ich vor mich hin. Niemals würde ich mich in so einen Typen verlieben. Niemals! Doch eine kleine Stimme in meinem Kopf sagte mir, dass es bereits zu spät war.

Henry erwartete mich, wie abgesprochen, vor Sally's Bookstore. Schon von weitem entdeckte ich seine hochgewachsene, schlanke Gestalt. Wenn ich befürchtet hatte, ich würde ihn nicht erkennen, so musste ich mir keine Sorgen machen. Henry stand freudig lächelnd in seinem Piratenkostüm vor mir. Nur hatte er diesmal sogar einen Säbel dabei. Der Säbel baumelte an einem Gürtel, den Henry sich um die schmalen Hüften gebunden hatte. Ich stieg vom Rad und zwang mich zu einem Lächeln.

»Bist du direkt von der Arbeit hergekommen?«, fragte ich ihn.

»Nein, wieso? Ich komme von zu Hause.«

»Oh.« Ich war ehrlich erstaunt und wusste nicht, was ich sagen sollte. Hatte er denn keine normalen Klamotten? Der kleine Pirat begrüßte ihn schwanzwedelnd. Na wunderbar, dachte ich mir. Das wird bestimmt ein lustiger Abend.

»Du bist auch dabei, kleiner Freund?« Henry bückte sich und streichelte Pirat. »Ich fürchte nur, dort wo wir hingehen, kannst du nicht mitkommen.«

»Oh«, entfuhr es mir. »Was machen wir jetzt?«

Henry zuckte die Schultern. Ich drehte mich um. Sally stand drinnen hinter ihrem Verkaufstresen und winkte uns lächelnd zu. »Warte hier«, sagte ich Henry. »Vielleicht kann Sally Pirat so lange nehmen, wie wir unterwegs sind.«

Ich schnappte mir Pirat am Halsband und drängte ihn in den Laden. Henry blieb davor stehen und wartete. Ich ging auf Sally zu. Sie grinste mich frech an. »Dein Kavalier steht schon über eine halbe Stunde vor dem Laden. Er hatte wohl Angst, dich zu verpassen. Ich war kurz davor, ihm eine Tasse Tee rauszubringen.«

Und ich war im Augenblick kurz davor Sally zu erwürgen. »Warum hast du mir nicht gesagt, dass er immer so rumläuft?«, zischte ich ihr zu. Ich war mir nicht sicher, ob Henry draußen etwas von unserem Gespräch mitbekam, wenn ich zu laut redete.

Sally kicherte. »Ich habe dir doch gesagt, er ist etwas speziell.«

»Aber doch nicht so speziell!« Meine Stimme nahm einen leicht hysterischen Klang an. Mir schwante Übles.

Sally hob abwehrend die Hände. »Außerdem, wer sagt denn, dass er immer so rumläuft.«

»Gut, dann sag mir offen und ehrlich, hast du Henry schon mal in anderer Kleidung gesehen, als in einem Piratenkostüm?«

Sally lachte glockenhell auf. Für sie schien das alles ein großer Spaß zu sein. »Ich habe ihn tatsächlich schon mal in anderen Klamotten gesehen.«

»Tatsächlich? Er trägt auch ganz normale Kleidung?« Beim Anblick des großen Piraten, der dort draußen auf mich wartete, konnte ich es nicht glauben.

»Nun ja, also ich habe ihn an Halloween mal in anderen Sachen gesehen«, erklärte sie mir zögernd.

Ich stöhnte auf. »Sag nichts, ich kann es mir vorstellen! Gibt es denn auf dieser Welt keine normalen, netten Jungs für mich?«

Sally fuhr fort, die Tageseinnahmen zu zählen und erklärte mir ungerührt: »Ich glaube, mit normalen Jungs würde ein Mädchen wie du sich doch nur langweilen. Wenn du nur etwas von meiner lieben Freundin Megan in dir hast, dann liebst du das Drama! Stimmt's, Caitlin? Die normalen Jungs haben dich doch bestimmt immer gelangweilt. Ich muss dir zu dem Thema unbedingt mal die Karten legen. Erinnere mich daran.«

»Möglich, dass ich das Drama liebe.« Diese Vorstellung war zwar völlig neu für mich, aber vielleicht hatte Sally sogar recht. Aber dies hier war eindeutig etwas zu viel Dramatik für mich.

Sie nickte nun. »Ja, das dachte ich mir. Und wenn Henry dich vom schlimmeren Übel abhält, wäre es doch ebenfalls gut.«

»Und das schlimmere Übel ist wohl Alan?«, fragte ich nach, obwohl ich die Antwort schon kannte.

Henry blickte durch die Scheibe. Ich musste mich beeilen. »Okay Sally, ich denke, das müssen wir später ausdiskutieren. Henry wird sich wundern, warum ich so lange mit dir rede. Dort, wo er mit mir hingehen will, kann ich Pirat nicht mitnehmen. Könntest du ihn so lange bei dir behalten?«

»Er ist doch stubenrein, oder?«, fragte Sally skeptisch.

»Ja, ist er und außerdem bist du mir etwas schuldig, weil du mich nicht vorgewarnt hast. Ich hole ihn nach dem Date wieder bei dir ab.«

Jetzt lachte sie wieder. »Geht klar, Caitlin. Wenn du wiederkommst, bin ich vermutlich nicht mehr im Laden. Aber das ist kein Problem. Ich wohne direkt hier über dem Bookstore. Geh einfach durch die schmale Gasse um das Haus herum. Hinten findest du die Klingel.«

Ich nickte.

»Ich wünsche euch beiden viel Spaß! Du musst mir nachher alles erzählen.«

»Wünsch mir lieber Glück«, murmelte ich.

Pirat jaulte auf, als er merkte, dass ich ihn bei Sally zurückließ. Sally versuchte ihn zu beruhigen, während ich zu Henry sagte: »Komm, lass uns gehen.« Ich zog ihn mit mir fort. »Wohin gehen wir überhaupt?«

»Das ist eine Überraschung«, erklärte mir Henry geheimnisvoll. Wir liefen die Straße entlang. Er versuchte seines Säbels Herr zu werden, der beim Gehen ständig gegen sein Bein schlug.

»Wir müssen eine kurze Strecke mit dem Bus fahren. Zu Fuß wäre es eindeutig zu weit«, erklärte er mir entschuldigend.

»Ja, kein Problem«, antwortete ich einsilbig. Vor allem wäre der Weg mit vollem Waffenschmuck zu lang, dachte ich mir. Aber im gleichen Augenblick fühlte ich mich schäbig, weil ich so abwertend über Henry urteilte. Vielleicht wollte er ja auch zu irgendeinem Piraten-Event mit mir fahren. Irgendwohin, wo sein Kostüm perfekt reinpasste und ich völlig unpassend gekleidet war. Immerhin war ja noch das Piratenfestival in Eastport. Wo war mein Optimismus geblieben? Was hatte ich bloß? Lag es vielleicht daran, dass ich wegen Alan immer noch schlecht gelaunt war? Vielleicht würde es tatsächlich ein toller Abend werden. Ich nahm mir vor, Henry eine Chance zu geben und lächelte ihn aufmunternd an. Er ergriff meine Hand und so liefen wir ein Stück Hand in Hand. Es hätte durchaus romantisch sein können, wenn nicht die ganze Zeit sein Säbel zwischen uns hin und her geschlagen hätte. Ich seufzte leise. Händchen halten wird eindeutig überbewertet!

Als wir an der Bushaltestelle ankamen, sahen wir auch schon den Bus die Straße entlangkommen. Wenigstens etwas klappte. Der Bus hielt und der Fahrer verzog zu meinem Erstaunen keine Miene. Entweder kannte er Henry oder er dachte, wir wollten nach Eastport fahren. Henry bezahlte die Fahrt für uns beide und ich setzte mich. Der Bus war fast leer. Eine ältere Dame mit einem Einkaufskorb auf dem Schoß sah gelangweilt aus dem Fenster. Hinten saß ein Touristenpärchen. Die beiden starrten uns mit großen Augen an und tuschelten. Ich versuchte, sie zu ignorieren. Was ich allerdings sah, als wir einige Zeit später aus dem Bus stiegen, konnte ich nur schwerlich ignorieren: Wir standen auf dem Parkplatz vor Boogie's Bubble Paradise. Henry griff wieder nach meiner Hand und zog mich freudig mit sich in eine scheinbar endlose Schlange vor der Kasse. Während wir zwischen einer Traube von Kindern von höchstens 10 Jahren und ihren genervten Eltern anstanden, versuchte ich mir immer noch das Date schönzureden. Henry war genauso freudig erregt, wie all die kleinen Jungs und Mädels um uns herum. »Du wirst sehen,

Caitlin, es ist total fantastisch. Sie haben sogar ein echt riesiges Piratenschiff dort, also einen Nachbau. Aber mit den Kanonen kann man sogar richtig feuern, zwar nur Plastikbälle – aber immerhin. Es macht einen Heidenspaß dort eine Wasserschlacht nachzuspielen.«

Wir bekamen unsere Karten und betraten die weitläufige Halle. Es herrschte ein Höllenlärm. Gleich am Eingang befand sich ein obligatorisches Bälleparadies für die ganz Kleinen. In einem großen aufgeblasenen Pool, der mit vielen bunten Plastikbällen gefüllt war, krabbelten und turnten Kinder herum. Wir liefen weiter in die Halle hinein. Überall gab es Spielattraktionen, die entweder mit Bällen oder Wasser zu tun hatten.

Man sollte zum Beispiel mit einem Wasserstrahl auf einen Ball zielen und ihn damit durch ein Röhrensystem an der gegenüberliegenden Wand bugsieren, oder man konnte sich gegenseitig mit überdimensionalen Wasserpistolen durch ein Labyrinth jagen und abschießen. Für die Kinder war das der absolute Spaß. Kaum jemand lief hier trocken durch die Halle. Vermutlich hätte ich auch wohl besser auf meine Wimperntusche verzichten sollen.

Dazwischen fanden sich Stände, an denen es Hot Dogs und Hamburger gab. Davor waren Bänke und Tische aufgebaut. Hier saßen vor allem die Eltern, aßen und versuchten, ihre durch die Halle tobenden Kinder im Auge zu behalten. Wir bahnten uns einen Weg durch die Menge, was gar nicht so einfach war, weil ständig jemand dachte, Henry wäre ein Mitarbeiter von Boogie's, und uns ansprach. Meistens wollten die Eltern Fotos mit Henry und ihrem Nachwuchs machen. Henry schien das alles wunderbar zu gefallen. Er war ganz entzückend zu den Kindern und posierte als wilder Pirat. Wäre es tatsächlich sein Job gewesen, die Touristen hier zu unterhalten, hätte ich das Spektakel vielleicht lustig gefunden. Aber so wusste ich einfach, dass dies eigentlich keine Show für die Gäste war, sondern unser Date. Ich stand also etwas hilflos daneben, während Henry sich mit stolz geschwellter Brust fotografieren ließ. Die ganze Situation erschien mir total bizarr. Ich überlegte gerade, ob ich ohne mein Wissen an irgendeiner verrückten Fernsehshow teilnahm.

Endlich erreichten wir das große Piratenschiff in der Mitte der Halle. Es sah auf den ersten Blick wirklich beeindruckend aus.

»Das machst du also in deiner Freizeit«, scherzte ich.

»Aye, aye, schöne Dame«, antwortete er mir augenzwinkernd. »Folgt mir an Bord!«

Galant half er mir die Reling hinauf. An Deck des Schiffes kletterten einige Jungs herum. Wir gingen in Richtung Heck, als uns ein Wasserstrahl traf. Es gab einige Kanonen an Deck, mit denen man sich wilde Wasserschlachten liefern konnte. An so einer Wasserkanone standen einige Kinder und spritzten uns nun nass. Ich kreischte erschrocken auf. Henry sprang sofort zur Seite und lief zu einer zweiten Kanone, die neben dem Steuerruder des Schiffs angebracht war. »Meuterei!«, rief er und eröffnete nun seinerseits das Feuer. »Kommt zu mir, holde Dame! Ich schütze euch!«

Doch ich hatte eine bessere Idee. Ein Stückchen weiter stand eine weitere Wasserkanone. Ich lief dorthin und wollte meinen großen Piraten in seinem Kampf gegen die kleinen Meuterer unterstützen. Aber ich kam mit der Kanone nicht klar und so traf mein Wasserstrahl Henry. »Was tut Ihr da? Ihr schließt Euch mit der meuternden Bande zusammen?«

Ich wollte ihm erst erklären, dass ich mit der Kanone nicht klarkam, entschloss mich dann aber anders. Ich spielte sein Spiel mit und richtete den Wasserstrahl nun absichtlich auf ihn.

»Ihr habt es nicht anders verdient, Captain Henry! Ihr habt meinen Vater ermordet!«

»Aber nur weil er mich und meine Leute über alle sieben Weltmeere verfolgte!«

»Ihr seid ein Pirat und wolltet seinen Schatz stehlen!« Ich tat empört.

»Den einzigen Schatz, den ich mir anmaße zu stehlen, ist euer Herz, Mylady!« Er grinste frech.

Während wir unser Gefecht miteinander austrugen, hörten die Kinder auf zu schießen. Doch Henry und ich kämpften weiter. »Gebt Acht, jetzt folgt eine volle Breitseite!«, warnte er mich.

»So leicht werde ich es euch nicht machen.« Tapfer hielt ich dagegen.

Wir lachten und ich hatte tatsächlich Spaß, während wir uns mit Wasser und Worten duellierten. Irgendwann stellte ich das Feuer ein. Ich strich mir das Wasser aus den Haaren und sah zu Henry hinüber. Ich lächelte. Für einen kurzen Moment konnte ich das alles hier durch seine Augen sehen. Doch der Zauber fiel augenblicklich von mir ab, als sich zwei ungefähr 11-jährige Jungs über Henry lustig machten. »Hast du den Spinner da drüben gesehen? Für wen hält der sich? Für Jack Sparrow?«, fragte der eine seinen Freund. Der andere Junge lachte. »Den Freak kenne ich. Der ist ständig hier. Der ist voll durchgeknallt!«

»Voll der Psycho!« Der größere wollte gerade sein Eis nach Henry werfen, als er meinen empörten Blick sah. Beide stießen sich lachend an und liefen von Bord.

Es machte mich traurig, dass andere Menschen über ihn lachten. Henry schien es nicht zu bemerken, obwohl die Jungs ziemlich laut gesprochen hatten. Ich ging zu ihm. Er stand jetzt am Steuer. Es sah zwar aus wie ein altes Holzsteuerrad, war aber aus Kunststoff. Auf einmal kam mir hier alles so schäbig vor, wie die verletzende Bemerkung der Jungen.

»Henry, wollen wir nicht woanders hingehen?«, fragte ich ihn.

Er sah mich erstaunt an. »Möchtest du die Rutsche ausprobieren?«

»Nein, ich meinte weg von hier. Ganz woanders hin.«

»Gefällt es dir hier nicht?« Enttäuschung klang in seiner Stimme mit. »Weißt du, das ist mein Lieblingsort.«

»Oh, also ich fühle mich geehrt, dass du mir deinen Lieblingsort zeigen wolltest, aber ich würde wirklich gerne noch woanders hingehen«, sagte ich sanft. Ich wollte ihn nicht verletzen.

Dennoch schaute Henry mich bedrückt an.

»Es gibt leider nicht besonders viele Attraktionen in Port Pine.« Er zuckte bedauernd die Schultern. »Mir fällt kein besserer Ort, als dieser ein.«

Mir wäre auf jeden Fall ein besserer Ort eingefallen, aber ich schwieg. Ein Spaziergang am Hafen oder einfach irgendwo etwas trinken gehen, hätte mir schon gereicht. Aber anscheinend kam Henry nicht auf diese Idee. Wir standen beide hilflos voreinander. Die Situation wurde unangenehm und so sagte ich schnell: »Also, sei mir nicht böse. Mir wird kalt und ich glaube ich möchte nach Hause. Ich hoffe, das ist okay für dich?«

Henry sah ein wenig traurig aus. »Schade, aber wenn du gehen möchtest ...« Zögernd ließ er das Steuer los.

»Nein«, beeilte ich mich zu sagen. »Du musst mich nicht begleiten. Wäre doch schade um das Eintrittsgeld. Ich fahre allein mit dem Bus nach Hause. Das ist keine große Sache.«

»Wirklich nicht? Ich möchte nicht unhöflich sein und eine Dame allein fahren lassen.«

»Nein, echt nicht, Henry. Du solltest noch etwas Spaß haben. Ich komme gut allein zurück.« Zur Bestätigung meiner Worte lächelte ich ihn an.

»Gut, wenn du es so möchtest.«

»Ja«, sagte ich froh. »Und ich danke dir für dieses ungewöhnliche Date.«

Henry nickte bedächtig. Ich trat einen Schritt auf ihn zu, stellte mich auf die Zehenspitzen und gab ihm ein Küsschen auf die Wange. »Wir sehen uns«, sagte ich. Als ich die Reling hinunter gegangen war, drehte ich mich noch mal um. Henry wirkte auf eine seltsame Art süß und doch irgendwie einsam, wie er dort in seinem Piratenkostüm an Deck des nachgebauten Piratenschiffs stand. Das Steuerrad fest in der Hand und den Blick auf einen Horizont gerichtet, den dieses Schiff niemals erreichen würde. Henry lebte in seiner eigenen kleinen Traumwelt.

Ich wusste nicht, ob ich Mitleid mit ihm haben, oder ihn beneiden sollte. Ich wusste nur, dass es für mich in dieser Traumwelt keinen Platz gab.

Erschöpft verließ ich die Halle und ging zurück auf den Parkplatz. Ich war nass bis auf die Haut und mir war kalt. So hatte ich mir mein erstes Date in den USA wirklich nicht vorgestellt.

Kapitel 7

Unheimliche Bagatellen und
schwere Fälle

Ich schlang die Arme um mich, als ich in Richtung Bushaltestelle lief. Da sah ich den roten Pick-up am Rand des Parkplatzes stehen. Das konnte doch nicht wahr sein! Ich ging darauf zu. Drinnen saß Alan. Als ich ankam, öffnete er mir die Beifahrertür.

»Wie war dein Date?«, fragte er mich ohne eine Spur von Hohn.

»Frag nicht!«, antwortete ich leise.

Er nickte und reichte mir ein Handtuch, das er aus dem Handschuhfach gezogen hatte.

Ich rubbelte meine Haare ab und wickelte es mir um die Schultern. Dann sah ich Alan fragend an. »Woher wusstest du, dass wir hier sind?«

»Frag nicht!« Alan startete den Wagen.

Wir fuhren in Richtung Port Pine und ich war ehrlich froh, dass er mich abgeholt hatte. Allerdings wunderte ich mich warum.

»Wolltest du mich abholen oder uns hinterherspionieren?« Ich konnte mir diese Frage nicht verkneifen.

Alan zuckte die Schultern. »Vermutlich ein wenig von beidem.«

»Und was wäre gewesen, wenn ich mit Henry zusammen rausgekommen wäre?«

»Dann wäre ich wieder gefahren.«

»Aha«, entfuhr es mir. »Du hättest also Henry nicht …« Ich biss mir auf die Zunge.

»Was hätte ich nicht? Ihn verprügelt? Warum sollte ich? Du wolltest doch mit ihm ausgehen.«

»Ja, natürlich.« Ich kam mir gerade ziemlich dumm vor und zog das Handtuch fester um mich.

»Er ist dir doch wohl nicht zu nahegetreten, unser guter Henry? Dann hätte ich natürlich einen Grund gehabt.« Alan lachte.

»Nein, natürlich nicht.« Ich lachte nun auch. Es fiel mir schwer, mir vorzustellen, Henry hätte irgendeine andere Absicht gehabt, als mit mir zu spielen. Dann erinnerte ich mich an etwas anderes. »Wir müssen noch Pirat abholen. Ich habe ihn bei Sally gelassen. Das ist doch in Ordnung, wenn er mitfährt, oder?«

Alan blickte mich skeptisch an und meinte dann: »Ich denke schon. Wenn er sich benimmt, sollte es kein Problem sein. Und wenn er frech wird, kommt er auf die Ladefläche.«

»Pirat ist wirklich ganz brav. Heute im Lokal hat er auch keinen Mucks von sich gegeben.«

»Oha, damit ist er ja deutlich lieber als sein Frauchen.« Alan grinste mich an.

»Du!« Ich schlug mit dem nassen Handtuch nach ihm.

»He, wenn du so weitermachst, fährst du auf der Ladefläche mit!«, drohte er mir.

Doch ich dachte gar nicht daran, mich einschüchtern zu lassen. Alan fuhr auf einen Seitenstreifen und hielt den Pick-up an. Er stieg aus und umrundete das Auto. Mir schwante Fürchterliches. Er öffnete die Beifahrertür und packte mich bei den Hüften. Ich wehrte mich standhaft. Doch er zog mich kurzerhand vom Beifahrersitz und beförderte mich zur Ladefläche. »Wer nicht hören will, muss fühlen.« Er grinste schelmisch.

Mit einem Klick hatte er die Ladeklappe runtergelassen und hob mich auf die Ladefläche. Dort lagen eine grobe Decke und ein Ersatzreifen.

»Nein, das ist doch nicht dein Ernst!«, rief ich leicht panisch. »Ich falle hier runter. Das ist bestimmt gegen die Straßenverkehrsregeln – selbst hier in Amerika!«, protestierte ich verzweifelt.

»Ach, so schnell fällst du nicht runter«, beharrte Alan. »Sonst muss ich dich eben festhalten.« Mit diesen Worten sprang er geschmeidig auf die Ladefläche.

»Aber wie willst du denn fahren, wenn du hier bei mir bist?« Was hatte er nur vor, fragte ich mich.

»Wer sagt denn, dass ich fahren will?« Alan schaute mich belustigt an. Er setzte sich neben mich auf die Wolldecke. In seinen Augen glitzerte es gefährlich. Und da war es wieder! Dieses verdammte Kribbeln in meinem Bauch. Ich öffnete den Mund um eine lässige Antwort zu geben, doch Alan zog mich an sich. Noch bevor ich zu einem Laut fähig war, drückte er zärtlich seinen Mund auf meinen. Seine Lippen waren weich, doch sein Kuss wurde immer fordernder. Ich öffnete meine Lippen und ließ seine Zunge mit der meinen spielen. Es war ein Necken und Liebkosen gleichermaßen. Noch nie hatte mich ein Junge so leidenschaftlich geküsst.

Es war einfach unvergleichlich. Alan drückte mich sanft auf die Decke und ich zog ihn mit mir. Meine Hand fuhr wie ferngesteuert unter sein T-Shirt und ich streichelte über seinen Oberkörper, so wie ich es mir im Geheimen seit unserem ersten Kennenlernen erträumt hatte. Ich drückte meinen Körper an ihn und seine Arme hielten mich ganz fest. Eines war klar, ich hatte mein Herz verloren und jetzt gab es kein Halten mehr. Niemals mehr wollte ich ihn loslassen.

Irgendwann lagen wir beide einfach nur da und schauten eng umschlungen in den Abendhimmel. »Machst du das öfter? Wehrlose Frauen auf deinem Pick-up festhalten und so zu küssen?«, fragte ich ihn, während ich meinen Kopf auf seine Brust legte.

»Ständig! Aber nur, wenn sie so frech sind wie du, und eine Schwäche für wilde Hunde haben«, antwortete er.

Ich boxte ihn spielerisch in die Seite.

»Wir sollten besser weiterfahren. Deine Haare sind immer noch feucht«, bemerkte Alan. Er zog sich sein T-Shirt wieder an.

Es war mittlerweile empfindlich kühl geworden und nun spürte ich den Abendwind auch wieder. Ich rückte enger an ihn. Am liebsten hätte ich die Zeit angehalten.

Sally war nicht mehr im Laden und so klingelte ich bei ihrer Wohnung. Sie machte mir erstaunt die Tür auf. »So früh habe ich eigentlich noch nicht mit dir gerechnet. Willst du reinkommen?«

Ich schüttelte den Kopf. »Nein, danke. Ich möchte nur Pirat abholen. Alan wartet im Wagen auf mich.«

»Alan?« Sally bekam große Augen.

»Ich kann dir das jetzt nicht erklären. Aber, ich glaube, dein Ratschlag hat nicht viel genützt.«

»Oh, Mädchen!« Sally seufzte, aber dann lächelte sie. »Du brauchst deutlich mehr Drama als ich dachte.«

Ich zuckte die Schultern. Sie lief die Treppe hinauf und holte Pirat, der bereits wie verrückt bellte. Er hatte wohl meine Stimme gehört. Sie kam mit ihm runter und er freute sich so doll, dass er Sally fast umstieß. Wild wedelte er mit dem Schwanz und sprang immer wieder an mir hoch. Man konnte meinen, ich wäre einen ganzen Monat fort gewesen.

Pirat sprang ohne Widerstand in den Font des Pickup. Er knurrte Alan auch nicht an, als dieser beim Fahren einmal die Hand auf mein Knie legte. Der Hund saß zu meinen Füßen und schaute zwischen mir und Alan hin und her. Dann legte er seine Schnauze auf mein anderes Knie und ich hätte schwören können, dass er leise seufzte.

Beim Haus angekommen fragte ich, ob Alan noch mit reinkommen wollte. Doch er schüttelte den Kopf. »Es ist besser, wenn ich jetzt gehe, aber ich bringe dich noch zur Tür.«

Ich war etwas enttäuscht. Sofort waren da wieder Zweifel in mir, ob es richtig gewesen war, mich ausgerechnet in Alan zu verlieben. Nach allem, was mir Sally erzählt hatte, wollte Alan sich nicht fest an ein

Mädchen binden. Ich würde jedoch nicht den Fehler begehen, ihn danach zu fragen und dann vermutlich als anhängliche Klette dazustehen. Wir gingen schweigend zur Haustür. Ich wollte gerade aufschließen, da bemerkte ich, dass die Tür nur angelehnt war.

Alan zog die Augenbrauen zusammen. »Warte, lass mich.« Er schob mich hinter sich, griff den Türknauf und öffnete die Eingangstür. Sie schwang weit auf. Ein kurzer erschreckter Laut entfuhr mir. Uns bot sich ein furchtbarer Anblick Die Bücher waren aus den Regalen gerissen, die Sofakissen aufgeschlitzt und der Inhalt der Schränke lag auf dem Boden verteilt.

Stumm vor Schreck starrte ich auf das Chaos. Alan ging voran. »Warte hier. Ich gucke, ob der Einbrecher noch im Haus ist!«

Ich nickte nur. Pirat schnüffelte an einigen Sachen und fing an leise zu knurren. Hoffentlich war niemand mehr hier. Ich dachte an die Nacht, in der die Eingangstür im Wind geschlagen hatte. Ich war mir nun sicher, dass in jener Nacht auch jemand im Haus gewesen war und Pirat ihn vertrieben hatte. Ob der Einbrecher wohl dieselbe Person war, die uns im Wald überfallen hatte? Ich hatte nie ernsthaft erwogen zur Polizei zu gehen, doch jetzt kam ich nicht mehr drum herum.

Alan kam die Stufen aus dem ersten Stock zurück. Er wirkte angespannt. »Ich habe jedes Zimmer durchsucht. Es ist niemand mehr im Haus.«

»Hast du auch im Schlafzimmerschrank nachgesehen?«, fragte ich wie ein kleines Mädchen. Ich zitterte jetzt. Alan nahm mich beschützend in den Arm. »Natürlich und auch im Gästebad. Es ist wirklich niemand mehr hier.«

Ich seufzte und schloss für einen Moment die Augen. Doch als ich sie öffnete, war das Chaos immer noch unverändert. Es war kein Albtraum. Jemand war tatsächlich in das Haus meiner Tante – in mein Haus – eingebrochen. Aber hier gab es doch nichts Wertvolles zu holen!

»Vermisst du denn etwas?«, fragte Alan.

»Das kann ich nicht sagen. So im ersten Augenblick fällt mir nicht auf, dass etwas fehlen würde, aber natürlich müsste ich dazu alles durchgucken. Da ich noch gar nicht alle Gegenstände im Haus angesehen habe, könnte etwas fehlen und ich würde es nicht einmal bemerken. Was kann der Einbrecher hier nur gesucht haben?«, wunderte ich mich.

Alan zuckte die Schultern. »Vielleicht Geld oder Wertsachen. Was sollte man sonst in so einem einsamen Haus schon anderes suchen?«

»Ich weiß nicht. Es sind ja auch alle Bilder von den Wänden genommen worden. Sieh nur hier, die Fotos wurden alle aus den Rahmen geholt. Kein Mensch versteckt Geld hinter Fotos in Bilderrahmen«, überlegte ich. »Es scheint fast so, als hätte der Eindringling etwas Flaches gesucht. Vielleicht ein Bild hinter dem Foto, oder ein Schriftstück. Irgendetwas in der Art.«

»Darüber kannst du auch noch morgen nachdenken. Ich finde, du solltest nicht allein hier bleiben heute Nacht.« Alan sah sich unruhig um.

Wenn ich jetzt gehofft hatte, er würde mir anbieten, die Nacht bei mir zu verbringen, so hatte ich mich getäuscht.

»Am besten, ich bringe dich zu deiner Freundin Sally. Dort solltest du die Nacht verbringen und morgen bei Tag schauen wir uns in Ruhe um. Dann kannst du gucken, ob etwas fehlt«, schlug er vor.

»Gut, aber vorher bringst du mich zur Polizei. Ich will Anzeige erstatten und außerdem ist es besser, wenn sich die Polizisten hier umsehen. Vielleicht finden sie Spuren vom Einbrecher.«

Alan zögerte einen Augenblick. Dann sagte er: »Wenn du meinst. Aber reicht es nicht, wenn du morgen zur Polizei gehst? Ich denke, ich sollte dich erst mal zu Sally bringen. Du brauchst eine heiße Dusche. Du zitterst.«

Ich beobachtete ihn. Er wirkte jetzt nervös. Sofort erwachte mein Misstrauen. Wusste er etwas über den Täter? Ich musste sofort an seinen Vater denken. Aber warum sollte der hier einbrechen?

Ich schüttelte unwillig den Kopf. »Nein, ich will jetzt zur Polizei. Bis morgen könnten Spuren verloren gehen.«

Alan zog eine Augenbraue hoch.

Spuren verloren gehen? Was redete ich denn da. Wie sollten denn Spuren verloren gehen. Es sei denn, der Täter kam noch mal zurück und beseitigte sie. Wieder dachte ich an Alans Vater. Was, wenn Alan nur bei Boogie's Bubble Paradise auf mich gewartet hatte, um sicher zu gehen, dass ich nicht zu früh nach Hause käme? Das würde auch bedeuten, dass unsere zärtliche Episode nur Mittel zum Zweck gewesen war. Nein, das durfte ich nicht einmal denken!

Unwillkürlich fing ich an stärker zu zittern. Alan schlang seine Arme um mich, doch ich versteifte mich.

»Gut, wenn du unbedingt jetzt zur Polizei willst, bringe ich dich hin. Aber glaub mir, Caitlin. Ich kenne unseren Sheriff. Der wird eh nicht bei Nacht und Nebel hier herausfahren. Die werden sowieso erst morgen tätig.«

»Ich werde dann mal eine Tasche mit ein paar Sachen für die Nacht packen«, sagte ich und löste mich aus seiner Umarmung, ohne auf diesen erneuten Einwand zu reagieren.

Er nickte. »Und zieh dir endlich was Trockenes an.«

Ich stieg die Treppenstufen hinauf, gefolgt von Pirat, der überall schnüffelte. Er hatte die Ohren angelegt und fühlte sich anscheinend ebenso unwohl wie ich.

Ich nahm meinen Rucksack vom Stuhl und packte einige Klamotten ein. Dabei fiel mein Blick auf den Nachtisch, auf dem das Tagebuch meiner Tante gelegen hatte. Es war nicht mehr an seinem Platz. Ich kniete mich hin und suchte den Boden ab. Ich schaute sogar unter das Bett, aber das Buch war verschwunden. Also musste der Dieb es mitgenommen haben. Was wollte er mit dem Tagebuch meiner Tante? Die Angelegenheit wurde immer dubioser.

Ich zog mir eine Fleecejacke über, aber mir war immer noch kalt. Wo war mein dicker Pulli? Dann fiel mir der Norweger-Pullover meiner Tante wieder ein. Ich rannte in ihr Schlafzimmer und zog ihn aus dem Schrank. Auch hier war alles durchwühlt worden. Schnell stopfte ich den Pullover in meinen Rucksack und lief hinunter zu Alan.

»Stell dir vor, das Tagebuch meiner Tante ist weg«, informierte ich ihn aufgeregt.

»Bist du sicher?« Alan blickte mich zweifelnd an. »Bei diesem Durcheinander hast du es vielleicht übersehen.«

»Nein, ich bin mir ganz sicher. Es lag auf meinem Nachttisch und nun ist es im ganzen Zimmer unauffindbar.«

»Das ist in der Tat seltsam. Aber was sollte jemand mit dem Tagebuch deiner Tante anfangen?« Alan war immer noch skeptisch.

»Vielleicht suchte der Einbrecher eine bestimmte Information oder einen Hinweis und glaubt, ihn dort zu finden«, vermutete ich.

»Was um alles in der Welt kann denn Megan schon Geheimes gewusst und ihrem Tagebuch anvertraut haben, für das es sich lohnt, solch ein Risiko einzugehen, und in ein Haus einzubrechen?« Alan verschränkte die Arme.

»Ich weiß es doch auch nicht«, rief ich nun verzweifelt. »Aber ich weiß, dass es etwas mit dem Karussell zu tun haben muss.«

»Wie kommst du denn auf diese Idee?«

»Nun, zum einen gibt es doch diese alte Legende von den verlorenen Seelen. Vielleicht hat meine Tante irgendein Geheimnis über die damaligen Todesfälle gelüftet, oder es hängt direkt mit ihrem Jahrmarkt-Projekt zusammen. Ich bin mir jedenfalls sicher, dass das Karussell eine entscheidende Rolle bei all diesen Vorfällen spielt. Meine Tante hat sich in ihrem Tagebuch – soweit ich es gelesen habe – ausschließlich mit dem Restaurieren des Karussells beschäftigt«, versuchte ich Alan meine Gedankengänge zu erklären.

»Die Legende vom Karussell?« Er sah mich an, als hätte ich meinen Verstand verloren.

Ich nickte bestätigend. »Oder ein Gegner ihres Projektes hat das Buch gestohlen.«

»Caitlin, alle hier im Ort wussten von Megans Projekt. Warum also sollte jemand ihr Tagebuch stehlen? Vor allem, weil du es doch erst kürzlich aus dem Bankschließfach geholt hast. Wer könnte schon davon wissen?«

»Also, so wie es hier aussieht, hat der Einbrecher zunächst etwas anderes gesucht und dann vielleicht das Tagebuch nur zufällig entdeckt.«

Alan stöhnte, genervt von meinen Schlussfolgerungen, auf, aber ich ließ mich nicht beirren.

»Siehst du denn den Zusammenhang nicht? Es ergibt alles einen Sinn! Die Legende, das Karussell, der Einbruch und vergiss nicht, man hat mich beim Karussell niedergeschlagen. Vielleicht hat jemand meine Tante ermordet!« Jetzt war es raus.

»Und du glaubst wirklich, die Seelen der Ertrunkenen haben Megan zu sich geholt? Und vermutlich sind die Geister auch hier eingebrochen.«

»Quatsch, ich glaube nicht an Geister. Aber vielleicht hat der Einbrecher etwas mit dem Tod meiner Tante zu tun«, argumentierte ich verzweifelt. Warum weigerte Alan sich nur, mir zu glauben?

Mich beschlich ein weiterer schlimmer Verdacht. »Vielleicht war es sogar dieser Mr Lauderdale! Er hat mir gegenüber so komische Anspielungen gemacht, ja mir gedroht, ich solle das Projekt meiner Tante ruhen lassen. Er könnte doch mit all den bisherigen Vorfällen zu tun haben.«

Alan riss die Augen auf. »Du verdächtigst nicht ernsthaft den Bürgermeister hier eingebrochen zu sein! Caitlin, weißt du, was du da sagst?«

»Nein, nicht wirklich. Aber vielleicht ein Handlanger von ihm. Ich weiß auch nicht. Er hat schließlich ein Motiv. Aber ich bin mir nicht sicher, wie weit er gehen würde.« Ich dachte an den Unfalltod meiner Tante. Alan schien meine Gedanken zu erraten. Er schüttelte den Kopf und nahm mich am Arm. »Lass uns gehen. Das war alles etwas viel für dich. Du brauchst Ruhe.«

Widerwillig ließ ich mich von ihm zum Auto führen. Auf der Fahrt grübelte jeder von uns in sich hinein. Als wir vor der Polizeistation hielten, sah mich Alan mit müden Augen an. »Und Caitlin, wenn du da jetzt reingehst, würde ich dir raten, deinen Verdacht gegen den Bürgermeister nicht auszusprechen. Er ist ein Mann, mit dem man sich nicht anlegt. Du handelst dir nur Ärger ein. Glaub mir, ich weiß, wovon ich spreche.« Ich nickte zögernd und stieg aus.

Die Polizeistation von Port Pine war genauso klein und gemütlich, wie der Ort selbst. Es war ein weißes Holzhaus mit einem ebenso weißen Empfangstresen. Als ich durch die Glastür eintrat, sah ich den diensthabenden Officer an einem Schreibtisch im hinteren Bereich sitzen und etwas in eine altmodische Computertastatur tippen. Er beachtete mich zunächst nicht. Ich wartete geduldig am Tresen und räusperte mich dann vernehmlich. Irgendwann erbarmte er sich meiner und stand auf. Gemächlichen Schrittes kam er zum Empfangstresen, dabei spähte er nach draußen auf die Straße zum roten Pick-up von Alan. Dieser wartete ihm Auto. Er hatte zu mir gesagt, das wäre besser so und als ich den kritischen Blick des Beamten sah, musste ich Alan in Gedanken recht geben.

»Was kann ich für Sie tun, Miss?«, fragte mich der Officer mit einem gelangweilten Gesichtsausdruck.

»In meinem Haus ist eingebrochen worden«, informierte ich ihn.

»So, einen Einbruch möchten Sie melden. Und Ihr Name ist?«, fragte er.

»Caitlin Macrae«, antwortete ich. Dann fiel mir ein, dass dieser Beamte bestimmt jeden in der kleinen Stadt kannte, und so beeilte ich mich zu erklären: »Also es ist eigentlich in das Haus meiner Tante, Megan Steel, eingebrochen worden. Vielleicht kannten Sie sie?«

Der Officer grunzte etwas Unverständliches und zog eine Schublade auf. Er holte ein Formular raus und fing an, darauf etwas zu notieren.

»Also in Mrs Steels Haus wurde eingebrochen, sagen Sie. Ganz schön weit ab vom Schuss, ne? Und was wurde entwendet?«

»Nun«, stammelte ich etwas verunsichert, »das Tagebuch meiner Tante wurde gestohlen.«

Der Polizist ließ seinen Kugelschreiber sinken und sah mich nun zum ersten Mal richtig an.

»Miss, es ist spät und ich bin nicht zu Scherzen aufgelegt.«

»Das ist kein Scherz. Sie müssen mir glauben. Es wurde eingebrochen«, beeilte ich mich ihm zu versichern.

»Vielleicht haben Sie das Buch nur verlegt.« Er griff nach dem Formular und wollte es gerade in den Papierkorb werfen.

Nun wurde ich langsam ärgerlich. Ich richtete mich zu meiner vollen Größe von beeindruckenden, kleinen 1,65 Metern auf und blickte den Mann ernst an. »Hören Sie, Officer. Es handelt sich um das Tagebuch meiner Tante und nicht um irgendein Buch. Und ja, es wurde gestohlen! So sicher, wie in das Haus eingebrochen wurde! Sie müssen dieses Verbrechen aufnehmen und Sie sollten sich umgehend das Haus ansehen. Es ist alles durchwühlt worden. Vielleicht glauben Sie mir dann.«

»Also gut, Miss, berichten Sie«, forderte er mich auf.

Ich erzählte ihm genau, wie wir den Einbruch entdeckt hatten und er stellte mehrere Fragen. Er wollte wissen, wie lange ich außer Haus gewesen war und Ähnliches. Ich beantwortete alles wahrheitsgemäß. Am Ende musste ich das Formular unterschreiben.

»Und jetzt?« Ich war neugierig zu erfahren, wie es nun weiterging.

»Jetzt beruhigen Sie sich und fahren nach Hause«, sagte er gleichgültig, während er das Formular in einen Ablagekorb legte.

»Bitte? Wollen Sie sich den Tatort denn gar nicht ansehen?«, fragte ich ihn fassungslos. »Sie müssten doch die Spuren sichern. Die gehen sonst verloren.«

»Spuren? Sollte es Spuren gegeben haben, haben Sie diese doch schon durch Ihren Aufenthalt im Haus vernichtet.«

»Ja, aber bis auf die Haustür und die Sachen, die ich in meine Tasche gepackt habe, haben wir nichts angefasst«, wagte ich einzuwenden.

»Hören Sie, kleine Miss. Es ist ja niemand umgebracht worden, und es sind auch keine wertvollen Gegenstände entwendet worden. Es reicht also völlig, wenn ich morgen mal vorbeikomme und mir den Tatort ansehe.«

»Ja aber, Fingerabdrücke oder Ähnliches. Das müssen Sie doch sichern!« Ich war außer mir.

Nun wurde auch der Officer sauer. »Erzählen Sie mir nicht, wie ich meine Arbeit zu machen habe! Ich rufe jetzt den Sheriff an und dann kann er sich mit Ihnen weiter ...«, er stockte. Ich war mir sicher, er wollte sagen, ›dann kann er sich mit Ihnen herumärgern‹. Aber stattdessen sagte er: »... dann kann er alles Weitere mit Ihnen besprechen.«

Er ging an seinen Schreibtisch und griff nach dem Telefonhörer. Ich wartete und überlegte, ob ich Alan Bescheid sagen sollte, dass es etwas länger dauern würde.

»Sheriff Miller, entschuldigen Sie, dass ich Sie störe«, sagte der Officer ins Telefon. »Hier ist eine junge Dame und berichtet von einem Einbruch, bei dem wohl ein Tagebuch gestohlen wurde.«

»Waaaaas?!«, schrie die Stimme am anderen Ende der Leitung so laut, dass ich es bis vor den Tresen hören konnte. »Und deswegen rufen Sie mich an, Clarks? Haben Sie nichts Besseres zu tun? Sie wissen doch, ich will Samstagabend nicht gestört werden. Es läuft gerade das Spiel der Boston Red Sox!«

Officer Clarks zuckte kurz zusammen und warf mir über seine Schulter einen bitterbösen Blick zu. Ich lächelte tapfer.

»Sheriff, der Einbruch erfolgte in das Haus von Mrs Steel.«

»Schon wieder!«, dröhnte die Stimme aus dem Hörer.

Ich spitzte die Ohren. Anscheinend war dies also nicht der erste Einbruch in ihr Haus gewesen. Ein mulmiges Gefühl stieg in mir auf. Was ging hier nur vor?

Der Officer senkte seine Stimme und ich konnte nicht verstehen, was er sagte. Aber sein Argument musste schlagkräftig gewesen sein, denn nachdem er auflegte hatte und zu mir zurück an den Empfangstresen kam, sagte er: »Der Sheriff kommt gleich. Dann können Sie ihm Ihre Geschichte berichten. Bis dahin warten Sie doch in seinem Büro, Miss.«

»Danke, das ist sehr freundlich von Ihnen. Ich möchte nur noch kurz meinem Freund sagen, dass er nicht auf mich zu warten braucht.«

»Ihr Freund?« Der Officer zog eine Augenbraue hoch.

Ich beachtete ihn nicht weiter und ging hinaus. Alan schaute mir erwartungsvoll entgegen. Ich trat an den Pick-up und er stieg aus.

»Du brauchst nicht mehr zu warten. Es dauert noch etwas länger. Der Officer hat den Sheriff verständigt.«

Alan lachte kurz auf. »An einem Samstagabend? Oje, dann wird Sheriff Miller verdammt miese Laune haben, wenn er hier eintrifft. Soll ich mit reinkommen und dich unterstützen?«

Sein Angebot freute mich, vor allem weil er mich zunächst davon abhalten wollte, heute Abend zur

Polizei zu gehen. Dennoch schüttelte ich den Kopf. »Nein, das brauchst du nicht. Ich weiß ja nicht, wie lange es noch dauert und vermutlich möchtest du nach Hause fahren. Ich komme schon alleine klar. Von der Polizeistation ist es ja nicht weit bis zu Sally. Den Weg kann ich nachher auch zu Fuß gehen.«

Alan überlegte kurz und nickte dann. »Aber pass auf dich auf. Sehen wir uns morgen?«

»Klar!« Ich lächelte ihn an.

»Soll ich dich morgen Vormittag bei Sally abholen?«

»Das wäre toll. Am besten so um 10.«

Trotz des Einbruchs war es wundervoll mit ihm gewesen, und ich freute mich schon jetzt darauf, Alan am nächsten Tag wiederzusehen.

»Ich schaffe es erst gegen halb zwölf. Vorher muss ich noch etwas erledigen. Ist das in Ordnung für dich?«, fragte er mich.

Ich nickte.

Er gab mir meinen Rucksack aus dem Wagen und nahm mich kurz in den Arm. Für einen Moment schmiegte ich mich an ihn und war kurz davor ihn zu bitten, bei mir zu bleiben. Doch ich riss mich zusammen und rief Pirat. Dieser sprang freudig aus dem Auto und ich nahm ihn an die Leine. Zusammen mit dem Hund ging ich zurück. Vor der Eingangstür drehte ich mich noch einmal um und sah zu, wie Alan den Wagen wendete und wegfuhr. Als ich die Polizeistation wieder betrat, tat Officer Clarks so, als würde er wichtige Papiere sortieren. Doch ich war mir sicher, dass er jeden meiner Schritte genau beobachtet hatte. Meine Vermutung bestätigte sich, als er mich ins Büro des Sheriffs führte und dabei wie zufällig bemerkte:

»Sie scheinen ja ziemlich eng mit Mr Wilson befreundet zu sein.«

Ich verkniff mir eine Antwort und wartete ab, worauf Officer Clarks hinauswollte.

Er öffnete die Tür zu einem Büro und ließ mich eintreten. »Hier können Sie warten. Der Sheriff kommt gleich.«

»Danke«, sagte ich knapp und stellte meinen Rucksack neben einen der beiden Stühle vor dem dunkelbraunen Schreibtisch.

»Ach und Miss, es geht mich ja nichts an, aber vielleicht kann ich Ihnen einen guten Rat geben: Sie sollten etwas vorsichtiger bei der Wahl Ihrer Freunde sein.«

Ich drehte mich wieder zu ihm um. »Was wollen Sie damit andeuten?« Ich machte einen Schritt auf den Mann zu und Pirat, der meine plötzliche Anspannung bemerkt hatte, fing sofort an zu knurren.

Der Polizist hob beschwichtigend die Hände. »Ich will gar nichts andeuten. Es war nur ein gut gemeinter Rat.«

Ich schnaubte durch die Nase und verkniff mir eine Bemerkung darüber, was er mit seinem gut gemeinten Ratschlag machen konnte. Stattdessen erklärte ich so ruhig wie möglich: »Sie haben in der Tat recht. Das geht Sie nichts an.«

Um seinen Mundwinkel zuckte es nervös. »Nun ja, Ihre Tante pflegte ja denselben Umgang.« Mit diesem Satz schloss er die Bürotür hinter mir und entfernte sich.

Ich stand mit offenem Mund im Büro des Sheriffs. Was sollte das denn bedeuten? Meine Tante hatte mit

Alan zusammengearbeitet und war jetzt tot. War es das, was mir der Officer wenig taktvoll mitteilen wollte?

Ich sah mich im Büro des Sheriffs um. Ein klobiger, brauner Schreibtisch nahm fast den gesamten Raum ein. Hinter dem Tisch stand ein ebenso massiver Ledersessel. Davor die zwei Besucherstühle. An den Wänden hingen einige Urkunden neben einem Schaukasten, in dem sich mehrere Zeitungsartikel und Fotos befanden. Neugierig trat ich näher. Es waren mehrere Schwarz-Weiß-Aufnahmen, die eigentlich alle nur ein Motiv hatten: Mehrere Polizisten führten zwei Männer zwischen sich ab. Beiden Männern hatte man Handschellen angelegt. Der vordere Mann war ein großer, glatzköpfiger Herr, der sein Gesicht von der Kamera wegdrehte, in dem hilflosen Versuch, nicht fotografiert zu werden. Auf der nächsten Aufnahme war er aber von vorne deutlich zu erkennen. Dahinter lief ein etwas kleinerer, bulliger Typ mit kurzen Haaren und Vollbart. Er war auf fast allen Aufnahmen von dem vor ihm laufenden Mann verdeckt. Dennoch kam er mir seltsam bekannt vor. Seine Augen strahlten eine brutale Härte aus. Ich las die vergilbten Zeitungsartikel durch, die neben den Aufnahmen hingen.

Es waren Artikel aus den lokalen Nachrichtenblättern und auch zwei Artikel kanadischer Zeitungen.

Die Artikel waren bald 20 Jahre alt. Anscheinend war Port Pine damals Schauplatz des Endes einer spektakulären Verbrecherjagd gewesen. Die abgebildeten Männer hatten sich Zugang zu den Schließfächern der Royal Bank of Canada in Toronto verschafft und dort ein Schließfach ausgeraubt, in dem sich Diamanten und Rubine im Wert von über 1,5 Millionen Dollar befunden hatten. Die Zeitungen sprachen vom Raub des Jahrhunderts.

Schließlich, so berichteten die Zeitungen, habe man die dreisten Diebe jenseits der kanadischen Grenze im Bundesstaat Maine geschnappt. In dem kleinen Küstenort Port Pine ging, laut dem Artikel, die größte Verfolgungsjagd der letzten Jahrzehnte erfolgreich zu Ende.

Dann folgte das bekannte Foto. Auf dieser Aufnahme war allerdings noch ein weiterer Mann zu sehen. Ein imposanter Mann mit dem Gesicht einer Bulldogge und kurzen blonden Haaren. Er stand mit stolz geschwellter Brust neben den anderen Polizisten. Ich nahm an, dass es sich hierbei um den Sheriff handelte und fand die Bestätigung im Text unter dem Bild. Dort stand:

Sheriff J. Miller und seine Männer nahmen letzten Donnerstag die Diamanten-Diebe in Gewahrsam. Von der Beute fehlt bisher jedoch jede Spur. Aber Sheriff Miller ist sich sicher, dass es nur noch eine Frage der Zeit sei, bis die Verbrecher in den Verhören das Versteck ihrer Beute offenbaren.

»Ob die Edelsteine wohl wieder aufgetaucht sind?«, fragte ich mich selbst laut.

»Nein! Sind sie nicht. Bis heute nicht!« Eine dröhnende Stimme ließ mich herumfahren. Ich hatte gar nicht gehört, wie die Tür geöffnet worden war. Und Pirat hatte ebenfalls keinen Mucks von sich gegeben. Ich warf dem Hund einen vorwurfsvollen Blick zu.

Der Mann in der Tür war unübersehbar Sheriff Miller. Er hatte das gleiche Bulldoggen-Gesicht, nur seine Stirn war etwas höher geworden und er war augenscheinlich, zumindest was seinen Bauch betraf, noch gewichtiger geworden. Er deutete meinen vorwurfsvollen Blick in Richtung Pirat richtig und lachte herzlich auf. »Ein guter Hund bellt nicht, wenn ein Polizist den Raum betritt.«

Na wunderbar. Er war ein Witzbold.

»Setzen Sie sich, Miss Macrae«, forderte er mich auf. Er umrundete seinen Schreibtisch und nahm ebenfalls Platz.

»So, dann berichten Sie mir mal genau, was sich ereignet hat.«

Ich fing an zu erzählen. Der Sheriff hörte schweigend zu. Dann stellte er mir die gleichen Fragen wie Officer Clarks, und wieder beantwortete ich alles brav. Er lauschte meinen Ausführungen, ohne mich zu unterbrechen. Das musste ich ihm zugutehalten. Ich hatte seine ungeteilte Aufmerksamkeit. Gerade fing Sheriff Miller an mir sympathisch zu werden. »Gut«, sagte er dann. »Officer Clarks wird morgen gegen 14 Uhr bei Ihnen vorbeikommen und sich ein Bild vom entstanden Schaden an der Tür und im Haus machen. Bis dahin sollten Sie noch einmal gucken, ob vielleicht doch etwas von Wert fehlt oder beschädigt wurde.«

»Ist das alles?«, fragte ich nun etwas enttäuscht. »Was ist mit den Fingerabdrücken?«

»Wenn es ein professioneller Einbrecher war, werden wir vermutlich keine Fingerabdrücke finden. Aber ich glaube eher, dass es sich um einen Landstreicher handelt. Es passiert hier öfter, dass in abgelegene

Häuser eingebrochen wird. Der oder die Täter suchen nach Wertsachen oder Geld. Wenn das – was ich vermute – der Fall ist, dann haben wir kaum eine Chance den Täter zu fassen, da vermutlich seine Fingerabdrücke nicht in der Kartei erfasst sind und er sich auch kaum weiterhin hier in der Gegend aufhalten dürfte. Aber natürlich wird Officer Clarks nach Fingerabdrücken an exponierten Stellen suchen. Dazu geben Sie bitte gleich Ihre Fingerabdrücke bei Officer Clarks ab, bevor Sie gehen, sonst verhaften wir am Ende noch Sie.« Er lachte schallend über seinen eigenen Witz.

»Aber warum können wir dann nicht gleich jetzt zum Haus fahren?« Ich fand, der Sheriff und sein Mitarbeiter machten sich die Sache zu leicht.

»Miss, Sie sind genauso energisch wie Ihre Tante, wenn es um Bagatellen geht.« Er rieb sich genervt die Schläfen.

»Was meinen Sie damit, Sheriff?« Beunruhigt rutschte ich auf dem harten Stuhl herum.

»Ihre Tante hatte kurz vor ihrem tragischen Unfall Anzeige gegen Unbekannt erstattet.«

»Warum?«, wollte ich wissen.

»Eigentlich darf ich über Details von Ermittlungsverfahren nicht sprechen, aber da Ihre Tante mittlerweile verstorben ist und die Sache sich damit erledigt hat, mache ich eine Ausnahme.« Er seufzte. »Mrs Steel hatte Anzeige erstattet, weil jemand wohl auf dem alten Jahrmarktsgelände herumgestrolcht ist. Eine Sitzbank auf dem Karussell wurde beschädigt und die Türen einzelner Jahrmarktsbuden waren aufgebrochen. Es wurde nichts entwendet.«

»Ich nehme an, Sie vermuten auch dort einen Landstreicher als Täter?«, sagte ich so ruhig wie möglich
und versuchte mir die Ironie zu verkneifen.

»Natürlich, jeder hier in der Stadt weiß doch, dass
auf dem Gelände nichts zu holen ist. Warum sollte
also jemand dort in die Buden einbrechen? Keiner
würde so etwas tun, außer einem Landstreicher, der
dort vielleicht etwas vermutet, was sich zu Geld machen ließe. Anders läge der Fall, wenn Ihre Tante dort
bewusst etwas versteckt hätte. Dann kann es nur jemand gewesen sein, der sie gut kannte. Man muss
schon sehr darauf achten, mit welchen Personen man
sich abgibt. Sie sehen ja, wohin das führen kann!«

Es war nur zu deutlich, auf wen Sheriff Miller mit
dieser letzten Bemerkung anspielte. Mir platzte der
Kragen. »Wenn Sie schon der Meinung sind, Sheriff,
dass der schlechte Umgang, den meine Tante pflegte –
wie Sie und Ihr Officer es nennen – im direkten Zusammenhang mit ihrem plötzlichen Tod steht, dann
sollten Sie ihren sogenannten Unfall mit Todesfolge
auch mal genauer untersuchen! Was auch immer Sie
dann rausfinden werden, ich bin mir sicher Alan hat
nichts damit zu tun!«

»Nun beruhigen Sie sich, Miss Macrae«, forderte er
mich mit strenger Stimme auf. »Was den Unfall anbe-
langt, gibt es nichts weiter zu untersuchen. Wenn man
bei Nacht und Nebel an den Klippen spazieren geht,
kann man abstürzen. Ich habe nie behauptet, dass Ihr
Freund etwas mit dem Unglück Ihrer Tante zu tun
hat. Was aber die Einbrüche angeht ...«, er machte eine
bedeutungsvolle Pause. »Nun, Sie wissen vielleicht,
dass Ihr Freund schon einmal im Verdacht stand,

etwas gestohlen zu haben. Es hat ihn auch seinen Job in der Pink Pearl gekostet.«

Alan hatte in der Pearl gearbeitet? Das war mir neu. Ich schwieg. Der Sheriff deutete mein Schweigen richtig.

»Anscheinend hat Mr Wilson Ihnen nichts von seiner bewegten Vergangenheit erzählt.«

Ich schüttelte den Kopf.

»Vielleicht hat er ja das Tagebuch entwendet, wer weiß das schon? Und da Sie Ihn mit ins Haus genommen haben, werden natürlich auch seine Fingerabdrücke zu finden sein, nicht wahr?«, grinste mich der Sheriff jetzt dreist an.

»Ich habe das Gefühl, Sie nehmen mich nicht ernst, Sheriff.«

»Wir nehmen jedes Delikt ernst, Miss. Was ich Ihnen versuche zu erklären ist, aufgrund meiner langjährigen Erfahrung mit Einbrüchen, besteht nur wenig Hoffnung, dass der Täter gefasst wird und selbst wenn, wird es vermutlich nicht zu einer Verurteilung kommen, zumal es sich ja nur um einen, wie Sie mir selbst versichert haben, geringfügigen Schaden handelt. Auch wenn das Tagebuch Ihrer Tante vielleicht von persönlichem Wert für Sie ist. Natürlich tun wir, was nötig ist, um die Sache aufzuklären, aber Sie müssen nun einmal verstehen, dass wir Wichtigeres zu tun haben.«

»Oh, das verstehe ich natürlich. Die großen Fälle haben Vorrang«, sagte ich mit einem sarkastischen Unterton in der Stimme und zeigte auf den Schaukasten mit den Zeitungsartikeln. »Aber wie mir scheint, klären Sie auch die ganz großen Fälle nicht komplett auf. Nicht mal in 20 Jahren!«

Sheriff Miller war von einer Sekunde auf die andere puterrot im Gesicht geworden. »Raus! Wenn Sie nicht wollen, dass ich mich vergesse und Sie wegen Beamtenbeleidigung eine Nacht in die Arrestzelle sperre, Miss Macrae!«

Ich griff nach der Hundeleine und meinem Rucksack und erhob mich.

»Das wird nicht nötig sein, Sheriff. Guten Abend.«

Kapitel 8

Nebel zieht auf

Auf dem Weg zu Sally grübelte ich. Warum hatte mir Alan nichts davon erzählt, dass er mal in der Pink Pearl gearbeitet hatte? Ich konnte einfach nicht glauben, dass Alan einen Diebstahl begangen haben sollte. Bisher war ich davon ausgegangen, nur sein Vater hätte eine kriminelle Vergangenheit. War das der Grund, warum er und Henry sich nicht leiden konnten? Was wusste ich schon über ihn? Vielleicht sah ich ihn einfach zu sehr durch eine rosarote Brille?

Aber über eine Sache war ich mir sicher, auch wenn sich für mich noch kein klares Bild ergab. Die Beschädigungen am Jahrmarkt, der Überfall auf mich und Pirat und der Einbruch im Haus hingen irgendwie zusammen. Immerhin hatte der Täter schon einmal versucht ins Haus zu kommen und war von Pirat vertrieben worden. Hätte ich das dem Sheriff mitteilen sollen? Vermutlich hätte er mir nicht geglaubt. Auch nicht, dass ich kurz zuvor beim Karussell nieder geschlagen worden war. Dann hätte er mich sicher gefragt, warum ich diesen Vorfall nicht gleich angezeigt hatte, oder wieder Alan verdächtigt.

Und wie sehr verdächtigst du Alan, fragte mich eine böse Stimme in meinem Kopf.

Sally kümmerte sich rührend um mich. Sie wollte alles ganz genau wissen und so erzählte ich alles noch einmal. Gerne hätte ich sie gefragt, ob sie etwas über den Diebstahl im Pink Pearl wusste. Aber ich wollte nicht, dass auch Sally auf die Idee kam, Alan könnte etwas mit dem Einbruch zu tun haben. Es war schlimm genug, dass dieser schreckliche Sheriff den Keim des Misstrauens in mein Herz gesät hatte.

Am nächsten Morgen tischte mir Sally ein fürstliches Frühstück auf: Pancakes mit Ahornsirup, Würstchen, Bacon, Toast und diverse Konfitüren. Es war wie in einem Hotel. Obwohl ich unruhig geschlafen hatte, langte ich ordentlich zu.

Nach dem Frühstück musste Sally in ihren Laden. Es war noch recht früh und bis Alan mich abholte, hatte ich noch genug Zeit für einen kleinen Ausflug. Mir fiel auch ein Ort ein, den ich dringend besuchen wollte und so fragte ich: »Sag mal Sally, wo ist eigentlich meine Tante begraben? Jetzt bin ich schon einige Zeit hier und habe ihr Grab noch immer nicht besucht.«

»Das ist ganz einfach, Caitlin. Du kennst doch den großen Supermarkt an der Hauptstraße?«

»Ja, dort habe ich Pirat getroffen.« Ich lächelte und der Hund wedelte bei der Nennung seines Namens mit dem Schwanz.

»Geh an der dahinterliegenden Kreuzung nach Osten. Ein Stück weiter kommst du an eine weiße Holzkirche. Auf dem Kirchfriedhof findest du ihr Grab. Aber wenn du bis halb zwölf wieder zurück sein willst, solltest du gleich losgehen. Es ist ein ganz schönes Stück zu Fuß.«

»Ein langer Spaziergang wird Pirat und mir guttun«, erklärte ich munter und machte mich auf den Weg.

Die weiße Kirche war nicht zu verfehlen. Ich umrundete das Gebäude und fand den Friedhof. Er war durch eine Mauer eingezäunt. Ich öffnete ein großes schmiedeeisernes Tor und wollte den Friedhof gerade betreten, als ich eine Stimme hörte. Ein Mann kam auf mich zu, scheinbar der Friedhofsgärtner, denn er hatte eine Harke und einen Sack voller Laub bei sich. »Wo wollen Sie hin, Miss?«, fragte er mich unwirsch.

»Ich möchte das Grab von Megan Steel besuchen. Können Sie mir sagen, wo ich es finde?«, fragte ich höflich.

»Mrs Steel, hm?« Er kratzte sich am Kopf. »Sie gehen den Mittelgang bis zu den Kiefern dort hinten lang. Dann nach links, fünfte Reihe, drittes Grab. Aber der Hund muss draußen bleiben!«

»Muss das sein?«, fragte ich mit einem Blick auf Pirat.

»Keine Hunde auf dem Friedhof!« Er zeigte auf ein Schild neben dem Tor. Ich seufzte und band Pirat neben dem Tor an.

Als ich den Friedhof betrat, jaulte Pirat. Ich ging noch mal zurück und kraulte ihn hinter dem Ohr. »Es tut mir leid, Junge, aber du musst draußen bleiben. Ich bin auch ganz schnell wieder zurück – versprochen. Jetzt sei brav und warte hier auf mich.«

Pirat legte den Kopf schief und sah mich mit traurigen Hundeaugen an, hörte aber auf zu jaulen. Ich ging den Weg, den mir der Gärtner beschrieben hatte und fand das Grab ohne Schwierigkeiten. Ein schlichtes Holzkreuz zierte das Grab meiner Tante. Außer ihrem Namen und ihrem Geburts- und Todestag trug es keine Inschrift. Die Blumengestecke waren verblüht und vertrocknet, und ich nahm mir vor, das Grab bei meinem nächsten Besuch schön zu bepflanzen. Eine Weile stand ich davor und starrte auf das Holzkreuz. Ich hatte so viele Fragen und wusste doch, dass sie mir niemals mehr antworten konnte. Ich wischte mir eine Träne von der Wange.

Als ich zurück zum Tor lief, war kaum eine Viertelstunde vergangen. Doch ich sah schon aus einiger Entfernung, dass Pirat nicht mehr beim Eingangstor lag. Er war mitsamt seiner Leine verschwunden. Hektisch rief ich nach ihm. »Pirat, komm hierher, Junge! Pirat, wo steckst du? Komm her!«

Aber der Hund kam nicht. Ich fing an, mir Sorgen zu machen. Wo konnte er nur stecken? Dann sah ich den Friedhofsgärtner. Eilig lief ich auf ihn zu. »Haben Sie meinen Hund gesehen?«, rief ich ihm entgegen.

»Nein, sollte ich?«, antwortete er mir gelangweilt.

»Ja, ich habe ihn beim Tor angebunden, weil Sie darauf bestanden haben, dass ich ihn nicht mit auf den Friedhof nehmen darf und nun ist er weg!«

»Ich habe nichts gesehen.« Der Mann zuckte teilnahmslos mit den Schultern.

»Aber Sie müssen doch irgendetwas mitbekommen haben! Mein Hund kann doch nicht einfach so verschwunden sein!«, rief ich verzweifelt.

»Ich arbeite hier. Ich bin nicht dafür zuständig auf die Hunde der Besucher aufzupassen. Ich habe nichts gesehen. Vielleicht hat er sich losgerissen und ist einem Kaninchen hinterhergejagt. Wer weiß das schon.«

»Das würde Pirat nie tun!«

»Sie müssen es ja wissen«, sagte der Gärtner. »So und jetzt entschuldigen Sie bitte, ich habe zu tun.«

Damit ließ er mich einfach stehen.

Ich sah mich um. Sollte sich Pirat wirklich losgerissen haben? Wohin könnte er nur ausgebüxt sein? Wenn, dann war er bestimmt auf den Friedhof gelaufen um mich zu finden. Ich lief den Weg zurück. Durch sämtliche Grabreihen lief ich und rief laut seinen Namen. »Pirat, du Strolch, wenn du nicht gleich herkommst, gibt es kein Abendbrot!« Ich schimpfte, ich lockte und flehte. Doch er kam nicht und wo ich auch suchte, nirgendwo war auch nur eine Spur von ihm zu entdecken.

Irgendwann musste ich zurück. Alan würde bald bei Sally aufkreuzen. Ich machte mir große Sorgen um Pirat und hoffte inständig ihn auf meinem Rückweg zu finden. Immer wieder rief ich nach ihm. Aber auch auf meinem Weg zurück fand ich den Hund nicht.

Völlig aufgelöst traf ich bei Sally im Laden ein. Alan parkte gerade seinen Pick-up vor der Tür und ich fiel ihm, den Tränen nahe, in die Arme.

»Och Nixchen«, sagte er zärtlich. »Was ist denn passiert?«

All meine Zweifel lösten sich in Luft auf und ich klammerte mich wie eine Ertrinkende an ihn.

»Pirat ist verschwunden!«, schniefte ich. Dann schilderte ich meinen Friedhofsbesuch.

Alan streichelte mich tröstend. »Vielleicht hat er sich wirklich losgerissen, um einen Hasen zu jagen. Er benimmt sich ja hin und wieder schon ziemlich wild.«

»Und wenn ihn jemand gestohlen hat?«

»Warum sollte denn jemand einen struppigen Hund stehlen?«, fragte Alan.

»Ich weiß auch nicht. Aber ich habe so ein merkwürdiges Gefühl«, antwortete ich unsicher.

»Sei nicht albern.« Alan lächelte mir aufmunternd zu. »Komm, wir fahren durch Port Pine und suchen ihn. Wenn du möchtest können wir auch noch mal zum Friedhof fahren. Bestimmt finden wir Pirat irgendwo.«

Wir suchten mit dem Auto alles ab. Ich kurbelte die Fensterscheibe runter und hängte mich aus dem Fenster, um auch jede Ecke sehen zu können. Zwischendurch rief ich immer wieder laut »Pirat, komm hierher!«

Die Passanten schauten uns kopfschüttelnd hinterher. Doch das interessierte mich nicht.

An einer Straßenecke gegenüber dem Supermarkt entdeckte ich Henry, der dort mit seinen Flyern stand. Wenn Pirat die Straße zurückgelaufen war, hatte Henry ihn vielleicht gesehen.

»Halt an«, rief ich. »Da steht Henry, ich will ihn fragen, ob er Pirat gesehen hat.«

»Das glaube ich nicht«, zweifelte Alan. »Hätte er ihn dann nicht aufgehalten, wenn Pirat ohne dich die Straße entlanggelaufen wäre? Bennett kennt ihn doch.«

»Ich will trotzdem mit ihm sprechen. Er kann uns auf jeden Fall helfen und ebenfalls nach Pirat Ausschau halten.«

Alan stoppte den Pick-up ein Stückchen weiter und ich stieg aus. Ich ging auf Henry zu. Der blickte mir mit einem undurchschaubaren Gesichtsausdruck entgegen. Er hatte sehr wohl bemerkt, aus wessen Auto ich gestiegen war. Dass ich schon wieder mit Alan unterwegs war, schien Henry nicht zu gefallen, aber ich hatte keine Zeit mir darüber Gedanken zu machen.

»Henry, wie gut, dass ich dich treffe. Hast du zufällig meinen Hund gesehen? Er ist verschwunden!«

»Werte Maid, das ist bedauerlich. Den kleinen Freund habe ich aber heute noch nicht gesehen. Wann ist er denn verschwunden?«, fragte Henry. Er war um einen neutralen Tonfall bemüht, doch ich bemerkte einen bitteren Unterton in seiner Stimme. Er warf einen finsteren Blick über meine Schulter in Richtung des Pick-ups.

»Vor ungefähr zwei Stunden«, informierte ich Henry.

Er nickte. »Du suchst ihn zusammen mit Wilson?«

»Ja, Alan hilft mir.«

»Ich sehe es. Ist das der Grund?«, wollte er nun wissen.

»Bitte?« Ich verstand nicht worauf Henry hinaus wollte.

»Ist Wilson der Grund, warum du unser Date frühzeitig beendet hast?«

»Ja – nein! Es ist kompliziert.« Wie sollte ich ihm das, was zwischen Alan und mir passiert war, nur erklären?

»Ich verstehe«, sagte Henry nur.

»Henry ich werde es dir in aller Ruhe erzählen, aber jetzt habe ich wirklich keine Zeit. Bitte, wenn du Pirat siehst, kannst du ihn dann zu Sally oder zu mir bringen?«, bat ich ihn.

Henry nickte. »Aye, aye, ich werde Ausschau halten. Einer schönen Dame kann ich eben nichts abschlagen.« Er war jetzt wieder ganz in seiner Rolle. Eine Rolle, die ihm vermutlich gleichermaßen Abstand und Selbstschutz bot.

»Danke Henry, du bist ein echter Freund.« Ich lächelte ihn dankbar an und lief dann eilig zum Wagen zurück.

Wir setzten unsere Suche noch eine Weile fort, aber viel zu bald mussten wir umdrehen, denn es wurde Zeit zurück zum Haus zu fahren, damit ich Officer Clarks den Tatort zeigen konnte. Eigentlich war mir der Einbruch mittlerweile egal. Ich wollte nur Pirat wiederfinden. Aber Alan meinte, er sei vielleicht von selbst zum Haus zurückgelaufen und so konnte ich es kaum abwarten, bis wir dort ankamen.

Doch auch dort war Pirat nicht. Ich war mittlerweile völlig verzweifelt. Alan setzte mich ab und versprach mir später wiederzukommen, um noch einmal mit mir zu suchen.

Kurze Zeit später traf Officer Clarks ein. Er besah sich zunächst den Schaden an der Tür und nahm dort einige Fingerabdrücke. Obwohl die vermutlich nur von Alan und mir stammten, war ich froh, dass er es tat. »Die Tür ist nicht weiter beschädigt. Das war auf jeden Fall jemand, der nicht zum ersten Mal eingestiegen ist«, bemerkte der Officer fachmännisch. Dann sah er sich im Haus um. Er machte sich Notizen und ein paar Fotos. Von den Bilderrahmen, die am Boden lagen, nahm er ebenfalls Fingerabdrücke ab.

Während Officer Clarks sich umsah, ging ich in die Küche und machte Kaffee für uns. Ich musste mich ablenken. Das Wetter schlug um. Es zog mal wieder Nebel auf. Die Feuchtigkeit schien in jede Ritze zu dringen. Als ich zurück ins Wohnzimmer kam, warf ich einen Blick durch das große Fenster. Die Nebelschwaden zogen in dünnen Fäden von den Klippen über den Rasen zum Haus hinauf. Es sah aus, als würden Tentakel eines riesigen bleichen Kraken suchend über das Gras gleiten. Das Nebelhorn hatte angefangen, in regelmäßigen Abständen sein klagendes Signal auszustoßen. Mich fröstelte. Ich zog Tantchens Norweger-Pulli aus meinem Rucksack und schlüpfte hinein. Officer Clarks kam gerade die Treppe vom Obergeschoss hinunter.

»Officer, hier, ich habe einen Kaffee gemacht.« Ich reichte ihm die heiße Tasse, die er dankbar annahm. Ich nutzte die Gelegenheit, um ihn nach Pirat zu fragen. »Officer Clarks, noch eine Sache«, begann ich vorsichtig. »Mein Hund ist verschwunden. Ich hatte ihn heute Vormittag beim Friedhof angebunden und jetzt ist er weg. Dabei war ich nur kurz beim Grab meiner Tante. Könnten Sie mir bitte helfen? Das wäre so nett von Ihnen.«

»Miss Macrae, ein Einbruch, bei dem so gut wie nichts gestohlen wurde, ist eine Sache. Es ist immerhin ein Einbruch. Aber einen entlaufenen Hund suchen ...«

»Bitte!«, flehte ich ihn an. »Ich weiß, dass Sie viel zu tun haben, aber ich mache mir so große Sorgen um ihn und ich bitte Sie nur, die Augen offen zu halten.«

Er seufzte und zückte seinen Notizblock. »Also gut. Hat das Tier irgendwelche besonderen Kennzeichen?«

Als Officer Clarks weg war, fing ich an, die Sachen wieder an ihren Platz zu räumen. Die Bilderrahmen waren zum Teil zerbrochen und ich würde neue kaufen müssen. Als ich alle Bücher wieder in den Regalen verstaut hatte, war es schon früher Abend. Alan hatte sich immer noch nicht blicken lassen und ich wurde langsam nervös. Wo blieb er nur? Wir wollten doch noch einmal auf die Suche gehen. Mittlerweile war der Nebel so dick geworden, dass ich beim Blick aus dem Fenster nur noch eine graue Wand sehen konnte.

Ich wurde immer unruhiger und trat vor die Haustür, in der Hoffnung Pirat würde plötzlich angelaufen kommen. Ich rief seinen Namen in den Nebel, doch er kam nicht. Nur das leise Rauschen der Wellen und der schaurig monotone Klang des Nebelhorns drangen zu mir herüber.

Ich wollte gerade wieder zurück ins Haus gehen, da hörte ich ganz deutlich ein Jaulen. Mein Herz machte einen Satz. »Pirat!«, rief ich hoffnungsvoll. Da war wieder ein Jaulen. Es klang gequält. »Pirat, komm zu mir!«

Doch er kam nicht. Vielleicht ist er verletzt, dachte ich mir. Ich musste ihn suchen. Schnell steckte ich den Haustürschlüssel ein und lief, ohne nachzudenken, in den Nebel hinaus.

Nach wenigen Metern konnte ich das Haus nicht mehr sehen. Hatte ich zunächst noch eine ungefähre Vorstellung davon, aus welcher Richtung ich das Jaulen vernommen hatte, so war ich jetzt bereits völlig orientierungslos. Das Rufen der Möwen wurde lauter. Ich musste auf direktem Weg zu den Klippen sein. Nach einiger Zeit spürte ich den felsigen Untergrund unter meinen Schuhen. Die feuchte Kälte des Nebels kroch in meinen Pullover und ich wünschte mir, eine Jacke mitgenommen zu haben. Ziellos irrte ich umher und lauschte ob ich noch mal ein Jaulen hörte. Die Schreie der Möwen klangen so verloren, wie ich mich fühlte. Vorsichtig ging ich weiter. Die Felsen waren glitschig. Hier irgendwo vor mir musste sich der Rand der Klippen befinden. Ich konnte nichts sehen, aber das Rauschen der Wellen wurde lauter.

Plötzlich schälte sich ein großer, dunkler Schatten aus dem Nebel. Er kam direkt auf mich zu. Meine Kehle schnürte sich zusammen, denn sofort musste ich wieder an den Nebelfluch vom schwarzen Seepferdchen denken. Immer wenn dieser schreckliche Nebel kam, starben Menschen.

Der Schatten stand nun direkt vor mir und ich schrie erschrocken auf, als er mich packte.

Mit aller Kraft kämpfte ich gegen die dunkle Gestalt an. »Lassen Sie mich los!«

Ich strauchelte und merkte wie sich unter meinen Füssen kleine Gesteinsbrocken lösten. Ich stand direkt an der Klippenkante. Meine Füße rutschten ab und fanden keinen Halt. Die großen Hände hielten mich weiterhin gepackt und zogen mich von den Klippen fort.

»Kommen Sie von den Klippen weg. Hier ist es gefährlich«, knarrte eine Stimme.

Ich stand nun direkt vor dem Mann und sah in das vernarbte Gesicht des alten Leuchtturmwärters.

Seine Hände ließen mich los und mein Herzschlag beruhigte sich langsam.

»Himmel, haben Sie mich erschreckt.« Ich war noch ganz zittrig. Mir wurde klar, dass ich um ein Haar die Klippen hinabgestürzt wäre, wenn Mr Huxley mich nicht im letzten Moment vom Rand weggezogen hätte. Tom Huxley schwieg. »Was machen Sie hier?«, fragte ich ihn, immer noch auf der Hut. Vielleicht hatte er mich nur gerettet, um mir etwas Schlimmeres anzutun.

Doch er starrte mich nur an, als wäre ich ein Geist. »Sie sind von den Toten zurückgekommen!«, stammelte er und starrte auf meinen Pullover.

Dann begriff ich. Ich trug den Lieblingspullover meiner Tante und im ersten Moment musste er mich für sie gehalten haben.

»Mr Huxley, ich bin es Caitlin Macrae. Sie haben mich zum Haus meiner Tante gefahren. Erinnern Sie sich?«

Der alte Tom schüttelte seinen Kopf und schien sich wieder zu entsinnen.

»Ja, natürlich! Sie sind die kleine Miss.«

»Wie haben Sie mich entdeckt?«, fragte ich ihn. Ich konnte mir beim besten Willen nicht vorstellen, was er hier machte.

»Ich war auf dem Weg zurück vom Leuchtturm. Bei dem Nebel gehe ich lieber zu Fuß, als mit dem Wagen zu fahren. Ich kenne mich hier aus, aber Sie sollten lieber ins Haus zurück, Miss. Ich habe Ihnen doch gesagt, es ist nicht sicher bei den Klippen und schon gar nicht bei Nebel. Sie kommen im Nebel und holen sich ihre Opfer.«

»Wer kommt bei Nebel? Die Seelen der ertrunkenen Sklaven?«, fragte ich ihn skeptisch.

»Spotten Sie nicht, Miss«, seine Stimme war kaum mehr als ein Krächzen. »Sie kommen immer bei Nebel und holen sich ihre Opfer. Ich weiß es! Ich war da, an jenem verfluchten Abend. Ich hörte den Schrei der rothaarigen Mrs. Hörte wie sie fiel, doch ich konnte ihr nicht helfen. Ich sah den dunklen Schatten im Nebel entschwinden. Die Seelenlosen aus der Tiefe fordern ihre Opfer.«

Dieser Mann war tatsächlich völlig verrückt. Ich war kurz davor hysterisch zu lachen. Es konnte doch nicht wahr sein! Sollte meine Tante tatsächlich Opfer einer alten Legende geworden sein? Und wer war dann eingebrochen und hatte mich niedergeschlagen?

»Haben Sie denn keine Angst bei Nebel an den Klippen entlang zu laufen?«, fragte ich ihn prüfend.

»Mich wollen sie nicht. Ich achte ihre Regeln. Ich halte mich fern von dem verfluchten Seepferd. Ja, das tue ich.« Tom Huxley nickte grimmig, so als wolle er seine Worte damit bestätigen.

»Warum haben Sie nicht Meldung bei der Polizei gemacht, wenn Sie gesehen haben, wie meine Tante die Klippen hinuntergestürzt wurde?«

Der alte Mann sah mich verständnislos an. »Was sollte das nützen? Wie sollte die Polizei die Geister fangen?«

In diesem Moment hörte ich erneut ein Jaulen. Diesmal kam es aus der entgegengesetzten Richtung. Wenn Pirat hätte laufen können – war ich überzeugt – wäre er zu mir gekommen, oder er wäre verletzt liegengeblieben. Ganz sicher hätte er sich nicht von mir entfernt. Es war so, als ob mich jemand mit diesem Jaulen in eine ganz bestimmte Richtung locken wollte. Da Mr Huxley und ich bei den Klippen standen, musste sich derjenige von hier aus in Richtung Wald begeben haben. Vermutlich befanden wir uns schon in Höhe des Jahrmarkts. Plötzlich war ich mir sicher, dass ich, zum Karussell gelockt werden sollte.

»Kommen Sie Mr Huxley, ich brauche Ihre Hilfe. Jemand hat meinen Hund entführt.« Ich lief los in die Richtung, in der ich den Wald vermutete, weg von den Klippen. Doch Tom Huxley folgte mir nicht. Vermutlich wollte er dem »verfluchten Seepferd« nicht zu nahe kommen. Was sollte ich tun? Wer auch immer mich zum Karussell lockte, schreckte nicht davor zurück ein Tier zu quälen oder Schlimmeres zu tun. Einen Augenblick blieb ich unschlüssig stehen. Wen könnte ich als Hilfe holen? Ich brüllte in den Nebel hinein, in die Richtung, in der ich Mr Huxley zurückgelassen hatte. »Wenn Sie schon nicht mitkommen, Mr Huxley, dann sagen Sie wenigstens Alan Wilson

Bescheid, dass er zum Karussell kommen soll oder sonst irgendwem, aber holen Sie Hilfe!«

Ich hoffte, der kauzige, alte Leuchtturmwärter hatte mich gehört und würde tatsächlich jemanden zur Unterstützung holen. Es war zwar völlig verrückt, aber ich musste Pirat retten. Ich lief mutig voran. Einen Moment später stieß ich mir den Kopf gegen den Stamm einer Kiefer. »Au, verdammt«, entfuhr es mir. Wenigstens war ich auf dem richtigen Weg. Je tiefer ich in den Wald kam, desto lichter wurde der Nebel. Man konnte wenigstens ein paar Meter weit sehen. Anscheinend hielt das dichte Unterholz die Nebelschwaden etwas zurück. Ich lief und lauschte, ob ich noch etwas hörte. Doch außer meinen eigenen Schritte war es fast totenstill. Dann entdeckte ich auf dem Boden eine dunkle Flüssigkeit. Ich kniete mich hin und sah, dass es sich um Blut handelte. Mir stockte der Atem. Wenn das Blut von Pirat stammte, dann würde sich der Täter auf etwas gefasst machen können. Ich suchte mir auf meinem Weg einen dicken Stock. So ganz wehrlos wollte ich nicht sein.

Endlich erreichte ich die Lichtung. Tatsächlich hörte ich wieder ein leises Jaulen und Winseln.

Dann sah ich ihn: Pirat lag vor dem Zirkuswagen. Ich stürzte ohne zu überlegen auf ihn zu. Jemand hatte ihm mit einem groben Seil die Schnauze zusammengebunden und aus mehreren Verletzungen an der Flanke floss Blut. »Oh mein Gott!«, entfuhr es mir. Ich kniete neben dem Tier nieder und legte meinen Knüppel zur Seite. Schnell versuchte ich das Seil zu lösen, doch ich schaffte es nicht. In diesem Moment packte mich jemand von hinten und hielt mir ein Messer an die Kehle. »Du hast mich lange warten lassen, Süße. Aber jetzt unterhalten wir beide uns mal in Ruhe.«

Ich brauchte mich nicht umzudrehen, um zu wissen, wer mich da bedrohte. Ich kannte die Stimme. Es war der fiese Kerl, der mit Alan am Pick-up gestanden hatte.

»Worüber wollen Sie sich denn mit mir unterhalten?« Meine Stimme zitterte leicht.

»Sei ein kluges Mädchen. Beantworte mir einfach eine Frage und ich lasse dich und deinen räudigen Köter laufen.«

Gerne hätte ich diesem Mann geglaubt, aber mein Instinkt sagte mir, sobald er meine Antwort erhalten hatte, würde er mit etwas antun.

Obwohl mein Herz wie wild klopfte, versuchte ich ruhig zu bleiben. Ich wusste, dass ich nur eine Chance hatte. Ich musste ihn hinhalten. In Gedanken schickte ich ein Stoßgebet zum Himmel und hoffte, Mr Huxley würde Hilfe organisieren.

»Nur eine Frage? Und deshalb locken Sie mich hierher? Die hätten Sie mir doch auch woanders stellen können. Führen Sie Ihre Unterhaltungen immer an derart abgelegenen Plätzen?«

»Tut mir leid, Schätzchen, aber das ist kein Gespräch, das man in einem netten Straßencafé hält und bei dir im Haus war es mir zu unsicher. Nicht dass uns nachher noch jemand stört. Aber jetzt Schluss mit der Plauderei. Wo ist es?«

»Was?«, entfuhr es mir spontan.

Der Druck durch die Klinge verstärkte sich. »Halte mich nicht zum Narren, Kleine! Wo ist das Päckchen? Ich will endlich wissen, wo sie es versteckt hat!«

»Ich weiß wirklich nicht wovon Sie sprechen«, beteuerte ich. Was wollte der Kerl bloß von mir?

»Versuch nicht, mich zu verarschen! Das hat die Alte auch versucht. Sag mir endlich wo das Päckchen mit den Steinen ist.«

Die Alte? Plötzlich wusste ich, wovon er sprach. Die Erkenntnis traf mich wie ein Blitzschlag.

»Sie waren es!«, zischte ich. »Sie haben meine Tante die Klippen hinabgestoßen.«

»Das war nicht geplant. Die blöde Ziege hat sich gewehrt. Ich wollte sie nur erschrecken und zum Reden bringen. Aber sie weigerte sich und dann ist sie ausgerutscht.«

Mir traten die Tränen in die Augen. »Sie sind ein Mörder! Ein gemeiner Mörder!« Es war vielleicht nicht klug den Mann, der einem das Messer an den Hals hielt, zu beschimpfen, aber mir war mittlerweile alles egal. Dieser Mensch hatte mir meine Tante genommen und er hatte Pirat verletzt. Und für was? Für irgendein Päckchen mit Steinen.

»Entweder du redest jetzt, oder ich steche deinen Köter ab. Vor deinen Augen!«, fuhr er mich an.

Dieser Kerl war ein Monster. Ich fing an zu zittern. Ob vor Angst, Wut oder Anspannung, wusste ich nicht. Vielleicht war es von allem etwas. Wo blieb Alan? Warum kam denn kein Held, um mich zu erretten, wie es in den romantischen Filmen immer der Fall ist?

»Bitte, ich habe keine Ahnung von welchem Päckchen Sie sprechen. Und vermutlich wusste es meine Tante ebenso wenig«, versuchte ich den Mann zu beschwichtigen.

»Unfug! Sie muss es gewusst haben! Sie hat das Päckchen aus seinem Versteck geholt. Ich hatte es dort vor über 20 Jahren versteckt.

Es ist nämlich nicht mehr da. Ich habe nachgesehen.«

Jetzt endlich ging mir ein Licht auf. Vor 20 Jahren! Dieser Mann war einer der beiden Bankräuber. Er war derjenige, der mir so seltsam bekannt vorgekommen war. Nur dass er jetzt keinen Vollbart mehr trug, sondern einen kleinen Spitzbart hatte und ziemlich hohe Geheimratsecken.

»Sie waren das! Sie waren einer der Diamantendiebe! Sie haben die Steine gestohlen und auf der Flucht vor der Polizei hier im Karussell versteckt, kurz bevor Sie geschnappt wurden. Ich nehme an, das Päckchen war in dem Hohlraum unter der Sitzbank der Muschelkutsche. Dass das Karussell angeblich verflucht war und kein Bürger von Port Pine auch nur in seine Nähe kam, machte es zu einem perfekten Versteck. So konnten Sie in Ruhe Ihre Strafe absitzen. Wo ist eigentlich Ihr Komplize? Will der nicht auch einen Teil von der Beute?«

»Sieh mal einer an. Du bist ja gar nicht so dumm wie du aussiehst, Schätzchen. Mein Kollege wusste nicht, dass ich die Beute sicher versteckt habe. Er dachte, die Steine wären bei der Flucht über die Klippen ins Meer gefallen. Aber das spielt keine Rolle. Sei jetzt ein liebes Mädchen und zeig mir das Versteck.«

»Auch wenn Sie mir nicht glauben. Ich kenne das Versteck nicht. Ich habe nicht die geringste Ahnung, was mit den Steinen passiert ist.«

»Langsam verliere ich die Geduld«, schrie der Mann. »Erst turnt hier ständig diese Frau rum und als ich im Versteck nachgucke, sind die Steine weg. Ich habe den halben Jahrmarkt auf den Kopf gestellt, aber das Päckchen nicht mehr gefunden. Und als ich versuchte, sie zum Sprechen zu bringen, machte sie einen schnellen Abgang über die Klippen und ich musste solange untertauchen bis sich die Wogen geglättet hatten. Schließlich, als ich mich in Ruhe in ihrem Haus umsehen wollte, weil ich dort hoffte, einen Hinweis zu finden, bist du aufgetaucht mit diesem Köter. Wenigstens war auf Alan Verlass, er hat dich beschäftigt, damit ich noch mal in Ruhe das Haus durchsuchen konnte. Irgendwo musste sie doch einen Hinweis versteckt haben. Aber da war nix. Sogar in dem verdammten Tagebuch steht überhaupt nichts drin!«

Eine eisige Klammer schloss sich um mein Herz. Alan steckte also mit diesem Dieb und Mörder unter einer Decke und unser romantischer Abend war nichts als ein armseliges Ablenkungsmanöver gewesen. In mir zerbrach etwas. Damit war klar, dass Alan nicht zu meiner Rettung eilen würde.

»Ich wiederhole mich nur ungern, deshalb sage ich es jetzt zum letzten Mal. Zeig mir endlich wo die Steine sind! Ich nehme schwer an, sie hat die Klunker irgendwo hier auf dem Platz versteckt!«

»Sind Sie vielleicht mal auf die Idee gekommen, dass meine Tante Ihr blödes Päckchen gar nicht gefunden hat? Sonst hätten Sie die Steine doch schon lange ent-

decken müssen. Vielleicht war es schon nicht mehr
da, als sie anfing das Karussell zu restaurieren!«

Er zog gewaltsam an meinen Haaren und meinen
Kopf nach hinten, während er mir das Messer fester
an die Kehle drückte. Ich fühlte, wie es meine Haut
aufritzte und ein kleiner warmer Blutstrahl an meinem Hals hinunterlief.

»Erzähl mir keinen Scheiß!«, fluchte er laut.

Pirat winselte, er versuchte sich aufzurichten. Vermutlich wollte er mir helfen. Doch er brach wieder
zusammen. Er blutete noch immer. Wenn ich ihn
nicht bald zum Tierarzt brachte, würde er vermutlich
sterben. Was konnte ich nur tun?

In diesem Moment knackte es hinter uns. Der Mann
fuhr mit mir zusammen herum. Ich schrie vor
Schreck laut auf.

Alan stand da mit einer Taschenlampe zum Schlag
erhoben. Scheinbar war er auf einen Zweig getreten.

»Ach, sieh mal einer an, wer da ist. Wolltest dich
wohl anschleichen, was? Los rüber zum Wagen, sonst
macht deine kleine Freundin hier gleich ihren letzten
Atemzug«, befahl der Dieb Alan.

Alan hob die Hände und bewegte sich langsam auf
den Zirkuswagen zu und stellte sich neben Pirat. »Lass
Caitlin sofort los, Stuart! Sie weiß nichts von den Steinen. Ich habe sie genommen.«

Mir blieb die Spucke weg.

Stuart lachte. »So ist das also. Das saubere Söhnchen
von meinem alten Zellengenossen Daniel. So kann
man sich irren. Also los, spuck es schon aus, dann
passiert deiner Süßen nichts.«

Ich starrte Alan ungläubig an. Um seine Mundwinkel zuckte es und er strich sich nervös eine Haarsträhne aus dem Gesicht. Er log! Er wusste überhaupt nicht, wo die Steine waren. Er behauptete es nur, um mich zu retten. Wie zur Bestätigung sagte Alan: »Lass Caitlin und den Hund gehen, dann zeige ich dir das Versteck.«

Stuart schnaubte. »Für wie blöd hältst du mich, Junge? Die Kleine bleibt hier, bis ich die Steine in den Händen halte.«

Ich zermarterte mir den Kopf, wie ich uns aus dieser Situation retten könnte, dann hatte ich einen Einfall. »Ist schon gut, Alan. Es ist besser, wir sagen Stuart die Wahrheit. Ich weiß, wo die Steine sind.«

Alan schaute mich völlig schockiert an und der Mann hinter mir lockerte leicht seinen Griff.

»Du bist also doch noch einsichtig geworden. Kluges Mädchen!«

»Ja, die Steine sind im Zirkuswagen unter den Lumpen zwischen den Farben in einem grauen Sack.«

Alan verstand sofort worauf, ich hinauswollte. Die Glassteine für die Karuselldekoration. Wir konnten nur hoffen, dass Stuart im Dunkeln auf den Trick hereinfallen würde. Doch ich hatte ihn unterschätzt.

»Na also«, triumphierte er und fuhr mit kalter Stimme fort: »Alan, du gehst und holst die Steine und ich warte beim Karussell auf dich. Und keine Dummheiten, denk an deine Freundin.«

Alan nickte und verschwand im Zirkuswagen, während Stuart mich zum Karussell schleifte. Er hielt vor dem Schaltkasten der Mittelsäule an und zog einen gebogenen Draht aus seiner Tasche. Er steckte den

Draht in das Schlüsselloch und mit einigen geübten Bewegungen öffnete er die Abdeckung. Dann schaltete er die Beleuchtung des Karussells an. Für einen Moment war ich geblendet von dem gleißenden Lichtschein. Als sich meine Augen an die plötzliche Helligkeit gewöhnt hatten, kam auch schon Alan mit dem Sack wieder. Er machte einen ebenso unglücklichen Eindruck wie ich. Ihm war ebenfalls klar, dass unser Plan, aus dieser misslichen Lage raus zu kommen, gerade den Bach runterging.

Alan blieb vor uns stehen. »Hier sind die Steine.«

»Ausschütten!«, befahl Stuart und Alan kippte den Inhalt des Beutels auf den Boden.

Stuart starrte auf den Haufen und zerrte wütend an mir. »Wollt ihr mich auf den Arm nehmen? Diese bunten Klunker sind billige Glasscherben!«

Er machte einen Schritt nach vorne und trat mit Wucht auf einige der Steine. Die bunten Kristalle zersplitterten mit einem hörbaren Knirschen, doch die roten und durchsichtigen Steine waren ganz geblieben und funkelten im Licht der Glühbirnen. Wir starrten alle für einen Moment auf den Boden, als wir begriffen, was das bedeutete. Die Diamanten und Rubine! Dort waren sie. Mit einem Mal verstand ich, was passiert war. Meine Tante hatte das Päckchen mit den Steinen tatsächlich gefunden, doch sie hatte ihren Wert nicht erkannt. Weil sie im Karussell lagen, dachte sie vermutlich, dass es sich hierbei, wie bei den anderen Kristallsteinen, um Dekorationssteine handelte. Sie schüttete die Steine zusammen und wollte diese vermutlich auf dem Karussell anbringen.

Stuart grinste. »Na endlich. Warum nicht gleich so. Ein verdammt gutes Versteck. Los, alle Steine wieder einsammeln und her mit dem Beutel!«

Alan sammelte die Steine ein, zögerte dann aber, ihn Stuart zu übergeben. »Erst lässt du Caitlin los.«

»Junge, mach jetzt keinen Ärger! Her mit dem Sack.«

Doch Alan rührte sich nicht. Stuart schubste mich gegen Alan und griff mit der anderen Hand den Beutel.

Alan fing mich auf. Wir standen nun beide mit dem Rücken zur Mittelsäule. »Hm, was mache ich nur mit euch beiden?«, überlegte Stuart laut.

»Sie haben gesagt, wenn Sie die Steine haben, lassen Sie uns gehen!«, rief ich.

»Stimmt, aber ich habe nicht so gerne Mitwisser.« Er hielt das Messer in unsere Richtung und überlegte einen Moment.

Dann sah ich plötzlich eine Bewegung hinter ihm.

»Oh nein, Henry!«, entfuhr es mir.

»Haha, netter Versuch, Süße!« Stuart lachte laut.

In diesem Moment schlug Henry mit dem Knüppel zu, den ich neben Pirat hatte liegen lassen. Stuart ging zu Boden wie ein gefällter Baum.

»Henry!«, rief ich erleichtert aus. »Dich schickt der Himmel!«

»Für eine hübsche Dame in Not eile ich gerne zur Rettung.« Henry grinste etwas verlegen. »Aber der Himmel war es nicht, der mich geschickt hat, sondern der alte Tom. Ich bin ihm am Hafen begegnet und er faselte etwas davon, dass du gegen die seelenlosen Schatten beim verfluchten Karussell kämpfen willst und in Lebensgefahr schwebst. Ich glaubte ihm zwar kein Wort, aber ich wollte mich selbst überzeugen.«

»Und wie bist du so schnell hierhergekommen?«, fragte ich.

»Ich konnte Tom überreden, mich herzufahren. Allerdings hat er sich geweigert mit zum Karussell zu kommen.«

»Ich bin jedenfalls froh dich zu sehen, Bennett«, sagte Alan. Das war wohl so etwas wie ein Danke und ein Friedensangebot. Henry zog eine Augenbraue hoch. »Gern geschehen. Solch einem Abschaum muss das Handwerk gelegt werden.«

»Wir sollten diesen Mistkerl gut fesseln und dann umgehend die Polizei verständigen.«

»Pirat! Wir müssen als erstes Pirat zum Tierarzt bringen!«, rief ich. »Er hat viel Blut verloren.

»Gut, dann fahrt ihr mit dem Hund zum Arzt und informiert die Polizei. Ich halte hier die Stellung bei dem Schurken und wenn er sich regt, bekommt er noch mal eins mit dem Knüppel übergezogen. Klar soweit?« Henry schwang drohend den Holzknüppel.

»Danke Henry!« Ich lief zu ihm und umarmte ihn kurz. Alan nickte ihm zu und dann liefen wir rüber zu Pirat. Er hechelte schwach. Wir entfernten das Seil von seiner Schnauze und Alan ging damit zu Henry. Die beiden fesselten Stuart, bevor Alan und ich Pirat zum Pick-up trugen. Den ganzen Weg betete ich, dass wir ihn retten konnten.

Wir klingelten beim Tierarzt zu Hause und dieser fing sofort an die Wunden zu versorgen. Er machte uns Mut. »Ihr Hund wird es ganz sicher schaffen. Er scheint mir ein zäher Bursche zu sein.« Der Tierarzt, ein älterer, rundlicher Herr mit weißem Haar, lächelte mir aufmunternd zu.

»Aber er sollte sicherheitshalber über Nacht hierbleiben. Sie können morgen vorbeikommen und ihn abholen.«

Alan nahm meine Hand. Ich fühlte mich auf einmal entsetzlich erschöpft, aber auch glücklich, dass wir diesen Horror sicher überstanden hatten. Ich lehnte mich an ihn.

»Komm«, sagte er sanft zu mir. »Lass den Doc seine Arbeit tun, wir müssen noch die Polizei verständigen, damit die Stuart abholen.«

»Ja, natürlich, der arme Henry wartet bestimmt.«

»Der arme Henry«, wiederholte Alan etwas genervt.

»Ja, immerhin hat er uns gerettet. Er ist ein wirklich guter Freund.«

»Solange du nicht mehr in ihm siehst.« Alan zog mich an der Hand zurück auf die Straße und zum Wagen.

»Ja, er ist ein guter Freund. Aber was bist du? Ich denke, du bist mir eine Erklärung schuldig. Was wolltest du an diesem Abend auf dem Pick-up wirklich von mir?«

Alan starrte auf das Lenkrad und begann zu erzählen. »Irgendjemand hat dir bestimmt erzählt, was für ein mieser Typ mein Vater ist, nicht wahr?« Fragend sah er in meine Richtung. Ich sagte nichts, aber Alan grinste nur wissend. »Natürlich hat es dir jemand erzählt. Wir sind eine Kleinstadt und mein Dad hat nicht den besten Ruf hier. Vermutlich war es sogar dein Freund Henry.«

»Henry hat überhaupt nichts gesagt«, verteidigte ich ihn.

Alan lächelte mich an. »Du bist süß, wenn du dich aufregst. Weißt du das? Okay, aber irgendjemand hat was gesagt«.

Ich nickte.

Er fuhr fort: »Mein Dad hat nach dem Knast aufgehört, zu trinken. Es war ein heilsamer Schock für ihn. Er wollte sich wirklich ändern und ein neues Leben aufbauen. Er ist nicht ganz so schlecht, wie die Leute sagen, weißt du? Ich wollte ihm helfen. Aber dann tauchte dieser Typ hier auf und zerstörte alles. Mein Dad saß für ein paar Monate zusammen mit diesem Stuart im Knast. Weil mein Dad chronisch pleite war, lieh Stuart ihm im Gefängnis Geld und forderte dafür einen Gefallen ein. Mein Dad dachte sich damals nichts dabei und sagte zu, vor allem weil Stuart ihm versicherte, dass es nichts Illegales sei. Jedenfalls tauchte Stuart hier auf und wollte bei uns wohnen. Er machte sich breit und lebte eine ganze Zeit lang bei uns. Ich vermutete schon damals, dass es kein reiner Höflichkeitsbesuch sein würde. Erst dachte ich, er wollte meinen Dad wieder zu einem krummen Ding überreden. Aber als auf dem Jahrmarkt eingebrochen worden war und Stuart mich ständig über unsere Arbeit am Karussell aushorchte, wurde ich misstrauisch. Nachdem Megan dann tödlich verunglückte, führte ich die Arbeit allein weiter. Ich war mir sicher, dass Stuart etwas mit dem Unglück zu tun hatte, aber ich konnte es ihm nicht beweisen. Ich fing an ihn zu beobachten und wollte rausfinden, was hier gespielt wurde. Als du hier aufgetaucht bist, wurde alles noch schlimmer. Es stimmt, er wollte, dass ich dich an dem besagten Abend im Auge behalte. Aber, dass er bei dir einbrechen wollte, wusste ich nicht. Ich wusste ja nicht einmal, was er suchte. Und was zwischen uns auf dem Pick-up passiert ist, war auch nicht geplant und ist nur deshalb passiert, weil ich etwas für dich empfinde, Caitlin. Du bist mir wichtig.«

Mein Herz machte bei seinem letzten Satz einen kleinen Hüpfer, aber ich ließ mir nichts anmerken.

»Er ist schon vorher im Haus eingebrochen und hat dabei die Jacke von deinem Vater getragen. Deshalb ist Pirat so auf dich losgegangen, als du sie dabeihattest«, schlussfolgerte ich kühl.

»Ja, Stuart hat sich einfach alles genommen.« Alan umklammerte das Lenkrad wütend.

»Er war es auch, der mich außer Gefecht gesetzt hat, weil ich ihn bei seiner Suche am Karussell störte.«

»Ich vermutete es bereits, aber ich wusste nichts Genaues. Alles was ich tun konnte, war so gut es ging auf dich aufzupassen, und dich möglichst selten allein durch die Gegend laufen zu lassen.« Alan zuckte die Schultern.

»Ja, ich erinnere mich gut, wie du mich zu deinem Wagen geschleppt hast.« Ich streckte ihm die Zunge raus.

»Jedenfalls habe ich meinen Dad heute ausgefragt und er berichtete mir, dass Stuart wohl wegen Diamantenraubs im Gefängnis gesessen hatte. Da fiel es mir wie Schuppen von den Augen. Ich fuhr sofort zu dir und als du nicht da warst, habe ich dich beim Karussell gesucht. Auch wenn Stuart dir etwas anderes weismachen wollte, ich habe nie mit ihm zusammengearbeitet. Caitlin, ich habe nie etwas Illegales getan und werde es auch nie tun. Das musst du mir glauben.«

»Und was war mit diesem Diebstahl im Pink Pearl? Der Sheriff erwähnte so etwas.«

»Das war ein falscher Verdacht. Während ich für das Pink Pearl arbeitete, sind Lebensmittel entwendet worden. Hummer und Muscheln sind gleich kistenweise aus der Küche verschwunden. Henry behauptete, ich wäre der Dieb. Aber das stimmte nicht.«

»Oh, deshalb könnt ihr euch nicht leiden. Warum hat er es behauptet?«

Alan grinste mich nun verschmitzt an. »Nun wir standen damals beide auf dasselbe Mädchen. Sie war eine der Aushilfen. Eine süße Kellnerin namens Chloe. Leider flirtete sie mit mir. Das hat er mir wohl übelgenommen und war vermutlich froh mich so einfach loszuwerden. Später stellte sich heraus, dass ausgerechnet Chloe hinter den Diebstählen steckte. Sie hatte es Henry wohl auch eingeredet, dass ich der Dieb gewesen sei. Natürlich hat er ihr damals geglaubt.« Alan zuckte die Schultern. »Aber ich muss zugeben, ich hätte es an seiner Stelle vermutlich auch geglaubt. Sie schien einfach zu schön, um so eine Lügnerin zu sein.«

»Männer!« Ich verdrehte die Augen. »Hat er sich denn nie bei dir entschuldigt?«

Alan schüttelte den Kopf. »Nein, aber das ist nicht mehr wichtig. Seit heute sind wir quitt. Nur eines ist mir wichtig, dass du mir verzeihst, Caitlin.«

Ich sah ihn eine Weile an und sagte dann: »Gut, ich verzeihe dir, aber bevor wir jetzt zu Sheriff Miller reingehen, musst du noch etwas tun.«

»Und was?«

»Küss mich!«

Epilog

Die Eröffnung des historischen Jahrmarkts war ein großes Fest. Menschen aus der ganzen Umgebung, Einheimische und Touristen kamen, um das Karussell zu bewundern. Es drehte sich majestätisch in seiner unvergleichlichen Lichterpracht. Nachdem verschiedene Zeitungen ausführlich über die endgültige Aufklärung des Diamantenraubs berichtet hatten, wollten alle das sagenumwobene Karussell sehen und mit ihm fahren. An den Buden wurden Zuckerwatte und Würstchen verkauft. Sally hatte sich in ein besonders buntes Gewand geworfen und legte den Besuchern im Zirkuswagen die Tarotkarten. Sogar Bürgermeister Lauderdale gab sich die Ehre und hielt eine überschwängliche Rede. Er sprach von der herausragenden Bedeutung, die dieser historische Jahrmarkt für Port Pine und die Region als neue Touristenattraktion bringen würde. Der hatte gut reden. Jetzt, wo der Jahrmarkt fertig war, sonnte er sich natürlich im Blitzlicht der Presse. Doch mir war es egal. Sollte er sich von den Journalisten ablichten lassen. Mir war nur wichtig, dass ich zusammen mit Alan den Traum meiner Tante verwirklicht hatte.

Alan war mittlerweile zu mir gezogen und wir hatten jeden Tag am Jahrmarkt gearbeitet. Sein Dad hatte uns unterstützt. Er erledigte die Holzarbeiten. Eine nicht ganz unwichtige Rolle bei der Verwirklichung dieses Projektes hatte die ausgesetzte Belohnung der Bank of Canada für die Wiederbeschaffung der gestohlenen Edelsteine gespielt. Nach der gelungenen Restauration hatten wir sogar noch etwas Geld übrig. Alan und ich planten zu expandieren. Ich dachte nicht mehr daran zu verkaufen und nach England zurückzufliegen. Ich hatte hier mein neues Zuhause gefunden. Besonders freute ich mich, dass meine Eltern uns bald besuchen kommen wollten. Meine Mum hatte mich am Vortag angerufen und wir hatten lange gesprochen. Am Ende hatte sie mir gesagt: «Spätzchen, ich bin sehr stolz auf dich. Endlich scheinst du deinen Weg gefunden zu haben. Aber ich gebe nicht auf und werde versuchen, dich zu überreden, doch noch zu studieren.«

»Klar Mum, aber erst mal möchte ich hier mit Alan zusammen mein Geschäft aufbauen. Es gibt so viel zu tun.«

»Sicher Schatz, aber vielleicht würde dann ein Wirtschaftsstudium helfen? Auch wenn ich es bedauere, dass du nicht in unsere Fußstapfen treten willst. Wenn du Hilfe brauchst, ich habe gute Kontakte zur Universität in Portland.« So kannte ich meine Mum. Sie hatte überall auf der Welt Kontakte.

»Danke Mum. Ich denke darüber nach«, hatte ich geantwortet und vor mich hin gelächelt.

»Wir können ja alles besprechen, wenn wir ankommen. Ich hab dich lieb, Caitlin.«

»Ich hab dich auch lieb, Mum.«

Bei diesem Telefongespräch hatte ich mich meiner Mutter näher gefühlt als in den ganzen letzten Jahren.

Glücklich lehnte ich jetzt am Stand mit der Zuckerwatte und kraulte den kleinen Piraten, der wieder ganz gesund war.

»Na, genießt du das Spektakel aus sicherer Entfernung?«, hörte ich eine warme Stimme hinter mir. Alan zog mich in seine Arme und ich kuschelte mich an ihn.

»Ja, so schön hätte ich es mir nicht mal in meinen kühnsten Träumen vorgestellt. Ich denke, als nächstes sollten wir eine Schiffschaukel anschaffen. Vielleicht ein Piratenschiff. Wir könnten Henry fragen, ob er die Karten abreißt und eine Show für die Gäste macht«, schlug ich vor.

Alan schüttelte den Kopf. »Lieber nicht, ich weiß doch, dass du in deinem Herzen eine weiche Stelle für Piraten hast und du gehörst zu mir.«

Eine Sache blieb jedoch ungeklärt. Zwei große Rubine fehlten in dem Beutel mit den Steinen bei der Übergabe an die Bank. Sie waren auch nach intensiver Suche nicht aufgetaucht. Ich bin mir jedoch sicher, die Rubine befinden sich in den intensiv leuchtend roten Augen des schwarzen Seepferdchens. So hat es sich dann schließlich doch noch ein Geheimnis bewahrt.

ENDE